08-063

8 partes
en 4 volumes

ALINE ET VALCOUR,

ou

LE ROMAN

PHILOSOPHIQUE.

TOME PREMIER.

Première Partie.

J'étais le seul coupable hélas ! c'étoit à moi
de succomber.

ALINE ET VALCOUR,

OU

LE ROMAN
PHILOSOPHIQUE.

*Écrit à la Bastille un an avant la Révolution
de France*

ORNÉ DE SEIZE GRAVURES.

————

A PARIS,

Chez la veuve GIROUARD, Libraire,
maison Égalité, Galerie de Bois., N°. 196.

————

1795.

Nam veluti pueris absinthia tetra medentes,
Cum dare conantur priùs oras pocula circum
Contingunt mellis dulci flavoque liquore,
Ut puerum ætas improvida ludificetur
Labrorum tenus; interea perpotet amarum
Absinthy laticem deceptaque non capiatur,
Sed potius tali tacta recreata valescat.

Luc. Lib. 4.

AVIS
DE
L'ÉDITEUR.

C'EST avec raison que l'on peut
regarder la collection de ces lettres
comme un des plus piquans ouvrages qui ait paru depuis long-
tems ; jamais, on peut le dire,
des contrastes aussi singuliers ne
furent tracés par le même pinceau,
et si la vertu s'y fait adorer par la
manière intéressante et vraie dont
elle est présentée, assurément les
couleurs effroyables dont on s'est

servi pour peindre le vice ne man-
queront pas de le faire détester;
il est difficile de le mettre en scène
sous une plus effroyable phisionomie. De l'assemblage de tant de
différens caractères, sans cesse aux
prises les uns avec les autres, devaient résulter des aventures inouies;
aussi pouvons-nous assurer qu'aucune anecdoctes réelles..., qu'aucun
mémoires, qu'aucun romans, n'en
contient de plus singulières, et nulle
part, sans doute, on ne verra l'intérêt croître, et se soutenir, avec
autant d'adresse et de chaleur. Ceux
qui aiment les voyages trouveront
à se satisfaire, et l'on peut les assurer que rien n'est exact comme

les deux différens tours du monde, fait en sens contraires par *Sainville* et par *Léonore*. Personne n'est encore parvenu au royaume de *Butua*, situé au centre de l'Afrique ; notre auteur seul a pénétré dans ces climats barbares ; ici ce n'est plus un roman, ce sont les notes d'un voyageur exact, instruit, et qui ne raconte que ce qu'il a vu ; si par des fictions plus agréables il veut à *Tamoé* consoler ses lecteurs des cruelles vérités qu'il a été obligé de peindre à *Butua*, doit-on lui en savoir mauvais gré ! Nous ne voyons qu'une chose de malheureuse à cela, c'est que tout ce qu'il y a de plus affreux soit dans la nature, et que ce ne soit

que dans le pays des chimères que se
trouve seulement le juste et le bon,
Quoiqu'il en soit, le contraste de ces
deux gouvernemens plaira sans
doute, et nous sommes bien parfaitement convaincus de l'intérêt qu'il doit
produire. Nous attendons le même
effet de la liaison de tous les person-
nages établis dans ces lettres, et du
rapport, plein d'art, que les uns ont
avec les autres ; malgré leur étonnante disproportion. Leurs principes devaient être opposés comme
leur phisionomie, et si l'on s'est
permis d'en établir de bien forts,
cela n'a jamais été que pour faire
voir avec quel ascendant, et en
même-tems avec quelle facilité le

langage de la vertu pulvérise toujours les sophismes du libertinage et de l'impiété. L'idée d'adoucir, et quelques discours et quelques nuances, s'est plus d'une fois présentée, nous en convenons ; mais l'aurions-nous pu sans affaiblir ? Ah ! quelque prononcé que soit le vice, il n'est jamais à craindre que pour ses sectateurs, et s'il triomphe il n'en fait que plus d'horreur à la vertu : rien n'est dangereux comme d'en adoucir les teintes ; c'est le faire aimer que de le peindre à la manière de Crébillon, et manquer par conséquent le but moral que tout honnête homme doit se proposer en écrivant.

Ce que cet ouvrage a de singulier encore , c'est d'avoir été
fait à la bastille. La manière
dont, écrasé par le despotisme mi-
nistériel , notre auteur prévoyait
la révolution , est fort extraordi-
naire , et doit jeter sur son onvrage
une nuance d'intérêt bien vive. Avec
tant de droit à exciter la curiosité
du public , avec un style pur ,
toujours fleuri , par tout original ;
avec la réunion dans le même ouvrage de trois genres : *comique*,
sentimental et érotique ; nous
sommes bien sûrs que cette édition
va nous être enlevée sur-le-champ ;
demandée de toutes parts , parce
qu'on connaît la plume de l'auteur ;

à peine en pourrons nous répandre à Paris, et nous sentons déjà le regret de ne l'avoir pas multipliée d'avantage. Nous exhortons ceux qui n'auront pu s'en procurer des exemplaires à prendre un peu de patience, la seconde édition est déjà sous nos presses.

Cependant nous aurons des critiques, des contradicteurs et des ennemis, nous n'en doutons pas;

C'est un danger d'aimer les hommes,
C'est un tort de les éclairer.

Tanpis pour ceux qui condamneront cet ouvrage, et qui ne sentiront pas dans quel esprit il a été fait : esclaves des préjugés et de l'habitude, ils feront voir

que rien n'agit en eux que l'opinion , et que le flambeau de la
philosophie ne luira jamais à leurs
yeux.

ESSENTIEL A LIRE.

L'AUTEUR croit devoir prévenir qu'ayant cédé son manuscrit lorsqu'il sortit de la Bastille, il a été par ce moyen hors d'état de le retoucher ; comment d'après cet inconvénient, l'ouvrage écrit depuis sept ans, pourrait-il être à l'ordre du jour ! Il prie donc ses lecteurs de se reporter à l'époque où il a été composé, et ils y trouveront alors des choses bien extraordinaires; il les invite également à ne le juger qu'après l'avoir bien exactement lu d'un bout à l'autre ; ce n'est ni

sur la phisionomie de tel ou tel
personnage, ni sur tel ou tel sys-
tême isolé, qu'on peut asseoir son
opinion sur un livre de ce genre;
l'homme impartial et juste ne pro-
noncera jamais que sur l'ensemble.

ALINE ET VALCOUR.

LETTRE PREMIÈRE.

Déterville à Valcour.

Paris, 3 Juin 1778.

Nous soupâmes hier, Eugénie et moi, chez ta divinité, mon cher Valcour.... Que faisais-tu?... Est-ce jalousie?... Est-ce bouderie?... Est-ce crainte?... Ton absence fut pour nous une énigme, qu'Aline ne put ou ne voulut pas nous expliquer, et dont nous eûmes bien de la peine à comprendre le mot. J'allais demander de tes nouvelles, quand deux grands yeux bleus respirant à la fois l'amour et la décence, vinrent se fixer sur les miens, et m'avertir de feindre.... Je me tus; peu après je m'approchai; je voulus demander raison du mystère. Un soupir et un signe de tête furent les seules réponses que j'obtins. Eugénie ne fut pas plus heureuse; nous ne pressâmes plus; mais madame de Blamont soupira, et je l'entendis : c'est une mère délicieuse que cette femme, mon ami; je doute qu'il soit pos-

Tome I. Partie I.   A

sible d'avoir plus d'esprit, une âme plus sensible, autant de grâces dans les manieres, autant d'aménité dans les mœurs. Il est bien rare qu'avec autant de connaissances, on soit en même-tems si aimable. J'ai presque toujours remarqué que les femmes instruites ont dans le monde une certaine rudesse, une sorte d'apprêt qui fait acheter cher le plaisir de leur société. Il semble qu'elles ne veuillent avoir de l'esprit que dans leur cabinet, ou que n'en trouvant jamais assez dans ceux qui les entourent, elles ne daignent pas s'abaisser, jusqu'à montrer celui qu'elles possèdent.

Mais combien est différente de ce portrait l'adorable mère de ton Aline! En vérité, je ne m'étonnerais pas qu'une telle femme, quoiqu'àgée de trente-six ans, fît encore de grandes passions.

Pour M. de Blamont, pour cet indigne époux d'une trop digne femme, il fut tranchant, systématique, et bourru comme s'il eût siégé sur les fleurs de lys; il se déchaîna contre la tolérance, fit l'apologie de la torture, nous parla avec une sorte de jouissance d'un malheureux que ses confreres et lui faisaient rouer le lendemain ; nous assura que l'homme était méchant par nature, qu'il n'était rien qu'on ne dût faire pour l'enchaîner ; que la crainte était le plus puissant ressort des monarchies, et qu'un tribunal chargé de recevoir des délations, était un chef-d'oeuvre de politique. Ensuite il nous entretint d'une terre qu'il venait d'acheter, de la sublimité de ses droits, et sur-tout du projet qu'il a d'y rassembler une ménagerie, dont je te réponds bien qu'il sera la plus méchante bête.

Il arriva, quelques minutes avant de servir, une autre espèce d'individu court et quarré, l'échine ornée d'un juste-au-corps de drap olive, sur lequel régnait, du haut en bas, une broderie large de huit pouces, dont le dessin me parut être celui que Clovis avait sur son manteau royal. Ce petit homme possédait un fort grand pied affublé sur de hauts talons, au moyen desquels s'appuyaient deux jambes énormes. En cherchant à rencontrer sa taille, on ne trouvait qu'un ventre ; désirait-on une idée de sa tête ? on n'appercevait qu'une perruque et une cravate, du milieu desquelles s'échappait, de tems à autre, un fausset dis-

cordant qui laissait à soupçonner si le gosier
dont il émanait, était effectivement celui d'un
humain, ou d'une vieille perruche. Ce ridicule
mortel absolument conforme à l'esquisse que
j'en trace, se fit annoncer M. d'Olbourg. Un
bouton de rose qu'Aline, au même instant,
jettait à Eugénie, vint troubler malheureusement les loix de l'équilibre que s'était imposées
le personnage, pour en déduire sa révérence
d'entrée. Il heurta le bouton de rose, et défi-
nitivement nous arriva par la tête. Ce choc
inattendu, cet ébranlement subit des masses,
avait un peu dérangé les attraits factices ; la
cravate vola d'un côté, la perruque de l'autre,
et le malheureux ainsi répandu et dégarni,
excita dans ma folle Eugénie une attaque de
rire à tel point spasmodique, qu'on fut obligé
de l'emporter dans un cabinet voisin où je crus
qu'elle s'évanouirait... Aline se contint ; le
Président se fâcha ; M. de Blamont se mordait
les levres pour ne pas éclater, et se confon-
dait en marques d'intérêt... Deux laquais ra-
masserent le petit homme qui, semblable à
une tortue retournée, ne pouvait plus reprendre l'élasticité nécessaire à se rétablir sur son

plat. On le remboîta dans sa perruque ; la cravate fut artistement renouée ; Eugénie reparut,
et l'annonce du souper vint heureusement tout
remettre en ordre, en obligeant chacun à ne
plus s'occuper que d'une même idée.

Les politesses marquées du Président au
petit homme, l'assurance ultérieure que je
reçus, qu'il avait cent mille écus de rente,
ce que j'aurais parié sur sa figure ; la contrainte d'Aline, l'air souffrant de madame de
Blamont, les efforts qu'elle faisait pour dissiper sa chere fille, pour empêcher qu'on ne
s'aperçût de la gêne dans laquelle elle était ;
tout me convainquit que ce malheureux traitant était ton rival, et rival d'autant plus à
craindre, qu'il me parut que le Président en
était engoué.

O mon ami, quel assemblage !... Unir à un
mortel si prodigieusement ridicule, une jeune
fille de dix-neuf ans, faite comme les Grâces,
fraîche comme Hébé, et plus belle que Flore !
A la stupidité même oser sacrifier l'esprit le
plus tendre et le plus agréable ; adapter à un
volume épais de matiere l'âme la plus déliée
et la plus sensible ; joindre à l'inactivité la plus

lourde, un être pêtri de talens, quel attentat,
Valcour!... Oh non, non... ou la Providence
est insensible, ou elle ne le permettra jamais...
Eugénie devint sombre si-tôt qu'elle soupçonna
le forfait. Folle, étourdie, un peu méchante
même, mais prête à donner son sang à l'amitié,
elle passa rapidement de la joie à la plus extrême colère, dès que je lui eus fait part de
mes soupçons.... Elle regarda son amie, et des
larmes coulèrent sur ces joues de roses que venait d'épanouir la gaîté. Elle engagea sa mère
à se retirer de bonne heure ; elle n'y pouvait
tenir, et si ce forfait était réel, il n'y avait
rien, disait-elle en frappant des pieds, qu'elle
ne fît pour l'empêcher. Mais Aline s'obstinait
au silence... madame de Blamont ne faisait
que soupirer quand je l'interrogeais ; et nous
nous retirâmes.

Voilà, mon cher Valcour, l'état dans lequel j'ai laissé les choses ; tu dois à ma sincère amitié de m'instruire de tout ce que tu
peux savoir de plus ; attends tout de la mienne,
de celle d'Eugénie, et sois convaincu que
le bonheur qui s'apprête pour nous, ne peut
réellement être parfait, tant que nous sup-

poserons des obstacles à celui d'Aline et au tien.

LETTRE SECONDE.

Aline à Valcour.

6 Juin.

DE quelles expressions me servir ? Comment adoucirai-je le coup qu'il faut que je vous porte ? Mes sens se troublent, ma raison m'abandonne, je n'existe plus que par le sentiment de ma douleur..... Pourquoi vous ai-je vu ? pourquoi ces traits charmans ont-ils pénétré dans mon âme ? Pourquoi m'avez-vous entraînée dans l'abîme avec vous ? Hélas ! que nos instans de bonheur ont été courts ! Qui sait, grand Dieu ! qui sait quelles sont les bornes de ceux qui doivent les suivre ? Mon ami, il faut ne nous plus voir... Le voilà dit, ce mot cruel ; j'ai pu le tracer sans mourir !... Imitez mon courage. Mon pere a parlé en maître, il veut être obéi. Un parti se présente, ce parti lui convient, cela suffit ; ce n'est pas mon aveu qu'il demande, c'est son

intérêt qu'il consulte, et le sacrifice entier
de tous mes sentimens doit être fait à ses caprices. N'accusez point ma mère, il n'y a rien
qu'elle n'ait dit, rien qu'elle n'ait fait, rien
qu'elle n'imagine encore... Vous savez comme
elle aime sa fille, et vous n'ignorez pas non
plus les sentimens de tendresse qu'elle éprouve
pour vous... Nos larmes se sont mêlées... Le
barbare les a vues, et n'en a point été atten-
dri... O mon ami! je crois que l'habitude de
juger les autres, rend nécessairement dur et
cruel. « C'est un parti convenable, madame,
a-t-il dit en fureur à ma mère: je ne souffrirai
point que ma fille le manque. d'Olbourg est
mon ami depuis vingt-cinq ans, et il a cent
mille écus de rente; toutes vos petites considérations peuvent-elles balancer un argument
de cette force? Epouse-t-on par amour aujourd'hui?... C'est par intérêt, ces seules
loix doivent assortir les noeuds de l'hymen;
hé, qu'importe de s'aimer, pourvu qu'on soit
riche! L'amour donne-t-il de la considération dans le monde? Non, en vérité, madame,
c'est la fortune, et l'on ne vit point sans considération. D'ailleurs, qu'a donc mon ami

d'Olbourg pour inspirer de l'éloignement à votre fille ? (Oh , Valcour , je voudrais que vous le vissiez !) Est-ce parce que ce n'est pas un de ces freluquets du jour , qui , faisant croire à une jeune personne qu'ils en sont épris uniquement parce qu'ils la savent riche , épousent la dot et laissent la fille ? ou peut-être ce sont les talens et l'esprit qui vous séduisent. Quoi ! parce qu'un homme aura fait quelques comédies , quelques épigrammes , qu'il aura lu Homère et Virgile , il possédera , de ce moment, tout ce qu'il faut pour faire le bonheur de votre fille ! »

Vous voyez , mon ami , sur qui tombait ce dernier sarcasme ; mais le cruel craignant que nous ne l'eussions pas encore entendu : « Je vous prie répliqua-t-il , en colère , madame , d'écrire sur-le-champ à M. de Valcour que ses visites m'honorent infiniment , sans doute , mais qu'il m'obligera pourtant de les supprimer ; je ne veux pas donner ma fille à un homme qui n'a rien. — Sa naissance , reprit ma mère , vaut mieux que la mienne. — Je le scais bien , madame ; voilà toujours l'orgueil des filles de condition ; avec elles la naissance fait tout. Voulez-vous que ma fille éprouve avec son Valcour ce qui m'est arrivé avec vous ? Epouser du parchemin ?... A quoi me sert, je vous prie, celui que vous m'avez donné ?.... J'aimerais mieux vingt-cinq mille francs par an, que toutes ces généalogies, qui comme les vers phosphoriques, ne brillent que par l'obscurité, ne sont illustres que parce qu'on n'en voit pas l'origine, et dont on peut dire tout ce qu'on veut, parce que le bout manque. Valcour est d'une bonne maison, je le sçais, il a de plus un puissant mérite à vos yeux, il est passionné pour les belles-lettres; mais moi, que cette considération touche fort peu..... je veux de l'argent, et il n'a pas le sou. Voilà sa sentence, apprenez-la lui, je vous le conseille ». A ces mots il a disparu, et nous a laissées, ma mere et moi, dans les larmes. Cependant mon ami, car il faut que je répande un peu de baume sur les blessures que je viens de faire, l'espoir n'est pas encore banni de mon cœur, et cette mère respectable, que j'idolâtre, et qui vous aime, me charge positivement de vous dire qu'elle ne veut pas que vous vous désespériez... Elle est

presque sûre d'obtenir du tems, et dans des
circonstances commes celles où nous sommes,
le tems fait beaucoup. Rendez-vous donc
aux ordres de mon père; ne venez plus,
mais écrivez-nous. Une affaire de la plus
grande importance enchaînera le Président à
Paris tout l'été, et je crois que ma mère ob-
tiendra d'aller passer cette saison seule avec
moi dans sa petite terre de Vert-feuille,
près d'Orléans; unique bien qu'elle ait apporté à mon père, qui comme vous voyez, le
lui reproche assez cruellement (1). Son but
est d'obtenir du Président de ne rien précipiter; elle se chargera, dit-elle, de me disposer à tout, et de vaincre mes répugnances,
pourvu qu'on ne presse rien, et qu'on nous
laisse passer quelques mois toutes deux soli-
tairement à Vert-feuille.. Mon ami, si elle
l'obtient, je vous avoue que je regarderai

(1) Cette terre vaut seize mille livres de rente,
elle avoit été la seule dot de madame de Blamont,
mais il existait dans le contrat qu'elle se marierait
séparée de bien; cette clause et ce médiocre revenu,
relativement à la fortune immense de M. de Blamont, étaient les deux motifs de ses reproches.

cela comme une demi-victoire ; le tems est tout dans d'aussi terribles crises, c'est tout avoir que d'en obtenir.

Adieu, ne vous alarmez pas, aimez moi, pensez à moi, écrivez-moi... que je remplisse tous vos momens comme vous occupez tout mon cœur... O mon ami ! il faudrait bien peu de choses, vous le voyez, pour nous séparer à jamais ; mais ce qui me console au moins dans mon malheur, c'est la certitude où je suis qu'aucune force divine ou humaine, ne parviendrait à m'empêcher de vous aimer.

LETTRE TROISIÈME.

Valcour à Aline.

7 Juin.

Oui, je l'ai lu ce mot cruel... Jai reçu le coup qui doit briser ma vie, et toutes les facultés qui la composent ne se sont point anéanties ! O mon Aline ! quel art avez-vous donc mis à me le porter ? vous me donnez la mort, et vous voulez que je vive !... vous détruisez l'espoir et vous le ranimez !... non je ne mourrai

mourrai point... Je ne sais quelle voix se fait
entendre au fond de mon cœur....Je ne sai
quel organe secret semble m'avertir de vivre
et que tous les instans de la félicité ne sont
pas encore éteints pour moi.... non je ne sais
quel il est, ce mouvement, mais je lui
cède...... ne plus vous voir, Aline !.. ne plus
m'enivrer, dans ces yeux que j'adore, du sentiment délicieux de mon amour !.. est-ce bien
vous qui me l'ordonnez ?.... ah ! qu'ai-je donc
fait pour mériter un tel sort ?.... moi renoncer au charme de vous posséder un jour ! mais
non... vous ne me le dites pas. Mon malheur
accroît mon inquiétude; il nourrit encore les chimères que vos paroles consolantes cherchent à
rendre moins affreuses ; il ne faut que du tems
dites-vous; du tems, Aline !.. oh ciel ! songez-
vous quel il est, celui que l'on passe, loin de
ce qu'on aime?... où l'on ne peut plus entendre
sa voix, où l'on ne jouit plus de ses regards ;
n'est-ce pas ordonner à un homme d'exister
en se séparant de son âme?... J'étais prévenu
de ce coup fatal, Déterville m'y avait préparé... mais j'ignorais que les choses fussent
si avancées, et sur-tout que votre père exigerait

Tome I. Partie I.   B

que je ne vous visse plus..., Et qui donc a pu
l'instruire de nos secrets? Ah! peut-on se
cacher quand on aime? S'il a derobé nos regards, il aura surpris notre amour... que ferai-
je, hélas! pendant cette terrible absence...
que voulez-vous que je devienne? au moins
si j'avais pu vous voir encore une fois... une
seule fois avant cette funeste séparation!...
si j'avais pu vous dire combien je vous aime...
il me semble que je ne vous l'ai jamais dit...
oh non, je ne vous l'ai jamais dit, comme je
l'éprouve.... et comment aurai-je réussi? quel
mot aurait pu rendre ce feu divin qui me dé-
vore? Tantôt anéanti par la force même de ce
sentiment qui m'absorbe... tantôt brulé par
vos regards... mon âme éprouvait, sans pouvoir peindre; toutes les expressions me paraissaient trop faibles.... et maintenant je
me désole, d'avoir tant perdu d'occasions
ou de les avoir si mal employées. Comme
je vais les déplorer ces momens si courts et si
doux! Aline, Aline, croyez-vous donc que je
puisse vivre sans les retrouver? Et cependant
vous pleurerez...votre âme sera noyée dans la
douleur, et je n'en pourrai partager les an-

goisses !... Qu'il ne se fasse pas au moins, ce
cruel hymen... Je regarde ce que vous dites
comme un serment qu'il ne se consommera
jamais...le barbare, il vous sacrifie...et à quoi?...
à son ambition, à son intérêt... et il ose encore trouver des sophismes pour appuyer ses
affreux systêmes !... L'amour, dit-il, ne fait
pas le bonheur dans les noeuds de l'hymen,
et que sont-ils donc ces noeuds, quand l'a-
mour ne les forme pas ? Un pacte mercenaire
et vil, un trafic honteux de fortunes et de
noms, qui n'enchaînant que les personnes,
laissent les coeurs à tout le désordre du désespoir et du dépit. Que deviennent alors ces
biens qu'on a recherchés? Les ménage-t-on
pour des enfans qui ne sont plus que le fruit
du hasard ou de l'intérêt ? On les dissipe,
on les perd plus promptement encore qu'ils ne
se sont acquis, et le besoin que chacun des
deux a de secouer la chaîne qui le presse,
ouvre l'abîme épouvantable qui les engloutit
en un jour. Où se trouve donc alors et le pro-
fit et le bonheur de ces mariages de convenance,
puisque ces mêmes fortunes, qui en ont formé

les noeuds, s'anéantissent ou pour les relâ-
cher ou pour les dissoudre ?

Mais se flater de rappeller votre père à des
opinions raisonnables, c'est entreprendre de
faire remonter un fleuve à sa source. Indépendamment des préjugés de son état, préjugés
cruellement odieux sans doute, il a encore
ceux (passez-moi le terme) d'une tête étroite
et d'un coeur froid, et l'erreur est trop chère
à ces sortes de gens pour espérer de les en faire
revenir.

Que madame de Blamont est respectable
dans tout ceci... et combien je l'adore ! quelle
conduite, quelle sagesse ! quel amour pour
vous ! adorez-la cette mère tendre, vous n'êtes
formée que de son sang... Il est impossible,
il est moralement impossible qu'une seule
goutte de celui de cet homme cruel puisse cou-
ler dans vos veines... Tendre et divine amie de
mon coeur, que j'aime à m'imaginer quelques-
fois que vous n'avez reçu l'existence dans le
sein de cette mère adorable que par le soufle
de la divinité ; la mythologie des Grecs n'ad-
mettait-elle pas ces sortes d'existences ? Ne les
avons-nous pas reçues dans nos opinions reli-

gieuses ? Mais il eût fallu un miracle... Et
pour qui, grand Dieu ! pour qui la nature en
fera-t-elle, si ce n'est pas pour mon Aline...
N'en est-elle pas un elle-même ?... Laissez-la
moi, cette opinion, ma divine amie, elle me
console... Elle ajoute, ce me semble, encore
au culte que je vous dois... Oui, Aline... oui,
vous êtes fille d'un dieu, ou plutôt vous êtes un
dieu vous-même, et c'est par vos regards que
la nature entière reçoit l'existence ; vous puri-
fiez tout ce qui vous touche, vous vivifiez tout
ce qui vous entoure ; la vertu n'est douce
qu'auprès de vous, on ne la connoît qu'où
vous êtes ; soutenue par l'empire de la beauté,
c'est sous vos traits qu'elle captive, c'est par
vous qu'elle séduit : et je ne me sens jamais si
honnête que lorsque je vous approche ou que
je vous quitte. Qui ranimera maintenant dans
mon cœur ces sentimens qui naissaient près
de vous... qui me fortifiaient dans le reste de
ma vie ?.. Mon âme va se flétrir séparée de la
vôtre, elle va devenir comme ces fleurs qui
se desséchent à mesure que s'éloignent d'elles
les rayons de l'astre qui les fit éclore... O ma
chère Aline ! il n'est plus un instant de félicité

B 3

pour moi sur la terre... Mais je vous écrirai
du moins... Vous me le permettez ?... Je le
pourrai... Hélas ! c'est une consolation sans
doute , mais qu'elle est loin de celle que je
désire... qu'elle est loin de celle qu'il me
faut... Et quand sera-t-il ce voyage ? quoi,
je ne vous verrai pas avant qu'il s'entreprenne,
et pour la première fois de ma vie , depuis
trois ans que je vous connais , je passerais une
saison entière éloigné de vous ?... Ordre barbare !... père cruel ! adoucissez-le, Aline, ce
terrible et funeste arrêt... Que je puisse vous
voir encore un seul jour... une seule heure,
hélas ! je ne veux que cela pour vivre un an ;
je recueillerai dans cette heure précieuse,
tout ce que mon âme aura besoin de sentimens
pour la faire exister des siècles... Mère adorable , souffrez que je vous implore, c'est à
vos pieds que cette grâce est demandée... Rap-
pellez cette indulgence si active et si tendre,
qui vous caractérise sans cesse ; cette bonté,
cette humanité qui vous rend si sensible au
sort amer de l'infortune. Hélas ! vous n'aurez
jamais secouru de malheureux dont les maux
fussent plus cuisans. Que la nature m'accable

de tous ceux qu'elle voudra ; mais qu'elle me
laisse les yeux d'Aline et son cœur....... J'attends votre réponse ; je l'attends comme les
criminels attendent le coup de la mort. Ah !
si je la crains, c'est que je la devine.........
Mais une heure, Aline, ... une seule
heure...... ou vous ne m'avez jamais aimé.......
Au moins éloignez cet homme...... qu'il n'aille
pas avec vous à la campagne.........Je ne vous
dis pas de refufer ses nœuds qu'on vous offre
avec lui....... Non, Aline, je ne vous le dis
point ; il est de certains cas où la recommandation même est un outrage, et je crois que
c'est dans celui-ci. Oui, j'ose être sûr de vous,
parce que je vous aime, parce que vous
m'avez dit que je ne vous étais pas indifférent,
et que vous ne voudriez pas arracher le cœur
de votre ami.

LETTRE QUATRIÈME.

Aline à Valcour.

9 Juin.

JE vous sais gré de votre résignation, mon ami, quoiqu'elle ne soit pas très - entière; n'importe, n'abusez pas de ce que je vais vous dire, mais ma reconnaissance eût été moindre si vous eussiez obéi de meilleur cœur. Que vos peines s'adoucissent, ô mon cher Valcour, par la certitude que je les partage. Je ne sais ce que ma mère a dit à son mari, mais M. d'Olbourg n'a point reparu depuis le soir où il soupa ici, et j'ai cru lire moins de sévérité dans les yeux de mon père; n'allez pas croire qu'il résulte de-là que ses premiers projets se soient anéantis, je vous aime trop sincèrement pour laisser germer dans votre cœur une espérance qu'il ne faudrait que trop tôt perdre. Mais les choses ne seront pas, au moins, aussi prochaines que je le craignais, et dans une circonstance comme celle où nous sommes, je vous le répète, c'est tout obtenir que d'avoir des délais.

Notre voyage à Vert-feuille est décidé: mon père trouve bon que nous allions, ma mère et moi, y passer la belle saison, ses affaires l'obligeant à rester tout l'été à Paris : il nous laissera seules et tranquilles ; mais je ne vous cache pas, mon ami, qu'une des clauses de cette permission est que vous n'y paraîtrez pas. Jugez, d'après cette sévérité, s'il serait possible de vous accorder l'heure que vous sollicitez avec tant d'instance ?

A l'envie que ma mère avait de savoir du Président par quelle raison vous lui étiez devenu, dans l'instant, si suspect, il a répondu :

« Qu'il ne s'était jamais imaginé, quand
» on vous présenta chez lui, que *vous osassiez*
» porter vos vues sur sa fille ; qu'au seul titre
» de connaissance et d'ami de société, il
» n'avait pas mieux demandé que de vous
» accueillir ; mais que s'étant enfin aperçu
» de nos sentimens mutuels, cette fatale
» découverte l'avait déterminé à se choisir
» promptement un gendre qui enleva à un
» *séducteur sans bien* l'espérance de détourner
» sa fille de ses devoirs, et qu'il n'avait
» rien trouvé de mieux que M. d'Olbourg

» homme très-riche , et son ami depuis long-
» tems ».

Ma mère , très-contente de l'amener peu-à-
peu à une explication , sans combattre absolument son projet , lui a demandé les motifs
de son éloignement pour vous. Le peu de fortune est devenu tout de suite son argument
indestructible, et ne pouvant , disait-il , vous
refuser des qualités (comme si son orgueil
eût été désolé d'un aveu qu'il lui était impossible de ne pas faire), il s'est rejeté d'abord
sur vos défauts , et celui qu'il vous reproche,
avec le plus d'amertume , est le manque
d'ambition , la nonchalance étonnante dont
vous êtes pour votre fortune et le tort affreux
que vous avez eu , selon lui , de quitter si
jeune le service. A cela, ma mère a voulu
opposer vos talens , votre amour pour les
lettres , qui absorbant tout autre goût , vous
a , pour ainsi dire, isolé , afin d'étudier plus
à l'aise. Ici , le Président , ennemi capital de
tout ce qui s'appelle *beaux-arts*, s'est en-
flammé de nouveau......... « Et que font ces
misères là au bonheur de la vie ? Madame,
a-t-il répliqué avec humeur , avez-vous vu

depuis que vous existez, les arts, ou même les sciences faire la fortune d'un seul homme ?......... Pour moi, je ne l'ai pas vu : ce n'est plus, comme autrefois, avec une hypothèse, un syllogisme, un sonnet ou un madrigal, qu'on se produit dans le monde, et qu'on parvient à tout ; les Horaces ne trouvent plus de Mécènes, et les Descartes ne rencontrent plus de Christines. C'est de l'argent, Madame, c'est de l'argent qu'il faut. Telle est la seule clef des places et des honneurs, et votre cher Valcour n'en a point. Jeune, de l'esprit, *une sorte de mérite......* Remarquez, mon ami, la petite joie vaine avec laquelle il a bien voulu vous accorder *une sorte de mérite......* Avec cet avantage, a-t-il continué, que ne s'avançait-il ? Le temple de la Fortune est ouvert à tout le monde ; il ne s'agit que de ne pas se laisser repousser par la foule qui vous coudoie, et qui veut y arriver avant vous........ A trente ans, avec de la figure, le nom qu'il porte, et les alliances qu'il peut réclamer, il serait aujourd'hui maréchal-de-camp, s'il l'eût voulu. »

Oh ! mon ami, je vous en demande pardon ; mais ces reproches ne sont-ils pas mérités ? N'imaginez pas que mon cœur vous les fasse. Que ne suis-je maîtresse de ma main ! Que ne puis-je vous prouver à l'instant combien ces préjugés sont vils à mes yeux ; mais, mon ami, cent fois vous me l'avez dit vous-même, la considération est nécessaire dans le monde, et si ce public est assez injuste pour ne vouloir l'accorder qu'aux honneurs, l'homme sage qui conçoit l'impossibilité de vivre sans elle, doit donc tout faire pour acquérir ce qui la mérite.

Ne seroit-il pas entré un peu de dégoût, un peu de misanthropie dans cette insouciance qui vous est reprochée ? Je veux que vous m'éclaircissiez tout cela, mais non pas en vous justifiant ; songez que vous parlez à la meilleure amie de votre cœur.

LETTRE

LETTRE CINQUIÈME.

Valcour à Aline.

12 Juin.

Oui, mon Aline, j'ai tort, et vous me le faites sentir ; la confiance est la plus douce preuve de l'amour, et j'ai l'air de vous l'avoir refusée, en ne vous racontant pas les malheurs de ma vie ; mais ce silence de ma part, depuis le temps que je vous connais, a sa source dans deux principes que vous ne blâmerez pas : la crainte de vous ennuyer par des récits qui n'intéressent que moi, et la vanité qui souffre à les faire. On voudrait s'élever sans cesse aux yeux de ce qu'on aime, et l'on se tait quand ce qu'on peut dire de soi, n'a rien qui doive nous flatter. Si le sort m'eût lié avec toute autre, peut-être eussé-je eu moins d'orgueil ; mais vous sûtes m'en inspirer tant, dès que je crus vous avoir rendu sensible, que vous me fîtes, dès ce moment, rougir de moi-même et de mon audace à placer dans vos fers un esclave aussi peu fait pour vous. Je me sentais si loin

de ce qu'il fallait être pour vous mériter,
et j'aimai mieux vous laisser croire que j'en
étais digne, que de vous montrer votre erreur.
--- Maintenant vous exigez des aveux que je
voulais taire ; ne vous en prenez qu'à vous,
s'il s'y rencontre des motifs de me moins
estimer, et que ma franchise ou mon obéissance me fasse retrouver dans votre coeur ce
que la vérité m'y fera perdre. Toutes mes
fautes précèdent l'instant où je vous ai vue
pour la première fois. Hélas ! c'est mon unique excuse ; je n'ai plus connu que l'amour
et la vertu depuis cette heureuse époque, et
comment eussé-je osé depuis souiller par des
écarts le coeur où régnait votre image ?

HISTOIRE DE VALCOUR.

Je vous parlerai peu de ma naissance ; vous
la connaissez : je ne vous entretiendrai que
des erreurs où m'a conduit l'illusion d'une
vaine origine dont nous nous enorgueillissons
presque toujours avec d'autant moins de
motifs, que ce bienfait n'est dû qu'au hasard.

Allié, par ma mère, à tout ce que le
royaume avait de plus grand ; tenant, par
mon père, à tout ce que la province de Languedoc pouvait avoir de plus distingué ; né à
Paris dans le sein du luxe et de l'abondance,
je crus, dès que je pus raisonner, que la
nature et la fortune se réunissaient pour me
combler de leurs dons ; je le crus, parce qu'on
avait la sottise de me le dire, et ce préjugé
ridicule me rendit hautain, despote et colère ;
il semblait que tout dût me céder, que l'univers entier dût flatter mes caprices, et qu'il
n'appartenoit qu'à moi seul et d'en former
et de les satisfaire ; je ne vous rapporterai
qu'un seul trait de mon enfance, pour vous
convaincre des dangereux principes qu'on laissait germer en moi avec tant d'ineptie.

Né et élevé dans le palais du prince illustre
auquel ma mère avait l'honneur d'appartenir,
et qui se trouvait à-peu-près de mon âge,
on s'empressait de me réunir à lui, afin
qu'en étant connu dès mon enfance, je pus
retrouver son appui dans tous les instans de
ma vie ; mais ma vanité du moment, qui n'entendait encore rien à ce calcul, s'offensant

C 2

un jour dans nos jeux enfantins de ce qu'il voulait me disputer quelque chose, et plus encore de ce qu'à de très-grands titres, sans doute, il s'y croyait autorisé par son rang, je me vengeai de ses résistances par des coups très-multipliés, sans qu'aucune considération m'arrêtât, et sans qu'autre chose que la force et la violence pussent parvenir à me séparer de mon adversaire.

Ce fut à peu près vers ce tems que mon père fut employé dans les négociations; ma mère l'y suivit, et je fus envoyé chez une grand'-mère en Languedoc, dont la tendresse trop aveugle nourrit en moi tous les défauts que je viens d'avouer. Je revins faire mes études à Paris, sous la conduite d'un homme ferme et de beaucoup d'esprit, bien propre sans doute à former ma jeunesse, mais que, pour mon malheur, je ne gardai pas assez long-temps. La guerre se déclara : empressé de me faire servir, on n'acheva point mon éducation, et je partis pour le régiment où j'étais employé, dans l'âge où, naturellement encore, on ne devrait entrer qu'à l'académie.

Puisse-t-on réfléchir sur le vice dominant

de nos principes modernes ; puisse-t-on voir que l'objet essentiel n'est pas d'avoir de très-jeunes militaires, mais d'en avoir de bons ; et qu'en suivant le préjugé actuel, il est parfaitement impossible que cette classe de citoyens si utile puisse jamais être parfaite, tant qu'il ne s'agira que d'y entrer jeune, sans savoir si l'on a ce qu'il faut pour y être admis, et sans comprendre qu'il est impossible de posséder les vertus nécessaires dès qu'on ne donnera pas aux jeunes aspirans la possibilité de les acquérir par une éducation longue et parfaite.

Les campagnes s'ouvrirent, et j'ose assurer que je les fis bien. Cette impétuosité naturelle de mon caractère, cette âme de feu que j'avais reçue de la nature, ne prêtait qu'un plus grand degré de force et d'activité à cette vertu féroce que l'on appelle courage, et qu'on regarde bien à tort, sans doute, comme la seule qui fût nécessaire à notre état.

Notre régiment écrasé dans l'avant-dernière campagne de cette guerre, fut envoyé dans une garnison en Normandie ; c'est-là que commence la première partie de mes malheurs.

Je venais d'atteindre ma vingt-deuxième

C

année ; perpétuellement entraîné jusqu'alors
par les travaux de Mars , je n'avais ni connu
mon coeur , ni soupçonné qu'il pût être sensible ; Adélaïde de Sainval , fille d'un ancien
officier retiré dans la ville où nous séjournions,
sut bientôt me convaincre , que tous les feux
de l'amour devaient embraser aisément une
âme telle que la mienne ; et que s'ils n'y
avaient pas éclaté jusqu'alors , c'est qu'aucun
objet n'avait su fixer mes regards. Je ne vous
peindrai point Adélaïde ; ce n'etoit qu'un seul
genre de beauté qui devait éveiller l'amour
en moi , c'était toujours sous les mêmes traits
qu'il devait pénétrer mon âme, et ce qui m'eni-
vra dans elle était l'ébauche des beautés et
des vertus que j'idolâtre en vous. Je l'aimais,
parce que je devais nécessairement adorer tout
ce qui avoit des rapports avec vous ; mais cette
raison qui légitime ma défaite , va faire le
crime de mon inconstance.

   L'usage est assez dans les garnisons de se
choisir chacun une maîtresse, et de ne la regarder malheureusement que comme une espèce de divinité qu'on déifie par désoeuvre-
ment , qu'on cultive par air , et qui se quitte

dès que les drapeaux se déploient. Je crus
d'abord de bonne foi que ce ne pourrait jamais
être ainsi que j'aimerais Adélaïde ; la maniere
dont je l'en assurai, la persuada ; elle exigea
des sermens, je lui en fis ; elle voulut des écrits,
j'en signai, et je ne croyais pas la tromper. A
l'abri des reproches de son coeur, se croyant
peut-être même innocente, parce qu'elle couvrait sa faiblesse de tout ce qui lui semblait
fait pour la légitimer, Adélaïde céda, et j'osai
la rendre coupable, ne voulant que la trouver
sensible.

Six mois se passerent dans cette illusion, sans
que nos plaisirs eussent altéré notre amour ;
dans l'ivresse de nos transports, un moment
même nous voulûmes fuir ; incertains de la
liberté de former nos chaînes, nous voulûmes
aller les serrer ensemble au bout de l'univers....
la raison triompha ; je déterminai Adélaïde, et
dès ce moment fatal il était clair que je l'aimais moins.

Adélaïde avait un frère capitaine d'infan-
terie que nous espérions mettre dans nos inté-
rêts... on l'attendait, il ne vint point. Le régiment partit, nous nous fîmes nos adieux, des

flots de larmes coulèrent ; Adélaïde me rap-
pella mes sermens , je les renouvellai dans ses
bras...... et nous nous séparâmes.

Mon père m'appella cet hiver à Paris , j'y
volai : il s'agissait d'un mariage ; sa santé chan-
celait , il désirait me voir établi avant de fermer les yeux ; ce projet , les plaisirs , que vous
dirai-je enfin ! cette force irrésistible de la
main du sort qui nous porte toujours malgré
nous où ses loix veulent que nous soyons ; tout
effaça peu-à-peu Adélaïde de mon coeur. Je
parlai pourtant de cet arrangement à ma famille ; l'honneur m'y engageait, je le fis , mais
les refus de mon père légitimèrent bientôt mon
inconstance ; mon coeur ne me fournit aucune
objection ; et je cédai , sans combattre , en
étouffant tous mes remords. Adélaïde ne fut
pas long-temps à l'apprendre...... Il est difficile d'exprimer son chagrin ; sa sensibilité,
sa grandeur , son innocence , son amour , tous
ces sentimens qui venaient de faire mes délices,
arrivaient à moi en traits de flamme , sans
qu'aucun parvînt à mon coeur.

Deux ans se passèrent ainsi filés pour moi
par les mains des plaisirs , et marqués pour

Adélaïde par le repentir et le désespoir.

Elle m'écrivit un jour , qu'elle me demandait pour unique faveur de lui assurer une place aux carmélites ; de lui mander aussi-tôt que j'aurais réussi ; qu'elle s'échapperait de la maison de son père , et viendrait s'ensevelir toute vivante dans ce cercueil qu'elle me priait de lui préparer.

Parfaitement calme alors, j'osai répondre quelques plaisanteries à cet affreux projet de la douleur, et rompant enfin toutes mesures, j'exhortai Adélaïde à oublier dans le sein de l'hymen les délires de l'amour.

Adélaïde ne m'écrivit plus. Mais j'appris trois mois après qu'elle était mariée ; et dégagé par-là de tous mes liens , je ne songeai plus qu'à l'imiter.

Un événement terrible pour moi vint déranger tous mes projets ; il sembloit que le ciel voulût déjà venger Adélaïde des malheurs où je l'avais plongée. Mon père mourut, ma mère le suivit de près, et je me vis à vingt-cinq ans seul abandonné dans le monde à tous les malheurs , à tous les accidens qui suivent ordinairement un jeune homme de mon caractère ;

que de faux amis perdent , que l'expérience
n'éclaire pas encore , et qui , pour comble
d'aveuglement, ose trop souvent prendre pour
un bonheur l'événement qui le rend maître de
lui, sans réfléchir, hélas ! que les mêmes freins
qui le captivaient , servaient aussi à le soutenir, et qu'il n'est plus, dès qu'ils se brisent,
que comme ces plantes légères , dégagées par
la chute du peuplier antique qui protegeait
leurs jeunes élans, et qui bientôt expirent
elles-mêmes faute de soutiens. Non-seulement
je perdais des parens chers et précieux ; non-
seulement je n'avais plus d'appui sur la terre,
mais tout s'éclipsait, tout s'anéantissait avec
eux ; cette vaine gloire qui m'avait séduit ne
devint plus qu'une ombre qui s'évanouit avec
les rayons qui la modifiaient. Les adulateurs
fuirent, les places se donnèrent, les protections
se perdirent, la verité déchira le voile
qu'étendait la main de l'erreur sur le miroir
de la vie , et je m'y vis enfin tel que j'étais.

Je ne sentis pas pourtant tout-à-coup mes
pertes , il fallait l'affreuse catastrophe qui
m'attendait pour m'en convaincre. Aline,
Aline, permettez que mes larmes coulent en-

core sur les cendres de ces parens chéris ; puissent mes regrets éternels les venger de cette voix funeste et involontaire, qui osa crier au fond de mon âme, *que regrettes-tu, tu es libre ?* Oh, juste ciel ! qui put l'inspirer cette voix barbare, quel est donc le sentiment cruel et faux qui l'a fait naître ? Où trouve-t-on des amis dans le monde qui puissent nous tenir lieu d'un père et d'une mère ? quels gens prendront à nous un intérêt plus réel et plus vif ? Qui nous excusera ? qui nous conseillera ? qui tiendra le fil, dans ce dédale obscur où nous entraînent les passions ? Quelques flatteurs nous égareront ; de faux amis nous tromperont. Nous ne trouverons sous nos pas que des pièges, et nulle main secourable ne nous empêchera d'y tomber.

Il était essentiel d'aller mettre un peu d'ordre dans les biens de mon père, très-loin de son séjour, très-diminués par les dépenses où l'avaient entraîné les années qu'il avait passées dans les négociations ; mon intérêt m'obligeait, avant de songer à aucun établissement, à me rendre fort vite en Languedoc, pour prendre au moins quelque connaissance de ce qui pouvait me revenir. J'obtiens un congé, et j'y vole.

La magnificence de la ville de Lyon, qui se trouvait sur mon passage, m'engagea pour l'admirer à y séjourner quelques semaines : le hasard qui m'y fit rencontrer d'anciennes connaissances, acheva d'assurer et d'égayer ce projet, et nous y partagions ensemble les plaisirs qu'offre cette fière rivale de Paris, lorsqu'un soir, en sortant du spectacle, un de mes amis me nommant très-haut par mon nom, me proposa d'aller souper chez l'intendant, et se perdit dans la foule avant que j'eusse le temps de lui répondre.

A ce nom de Valcour, un officier vêtu de blanc, et qui paraissait sortir du même endroit que nous, m'aborde le chapeau sur les yeux, et me demande avec beaucoup de trouble s'il a bien entendu, et si c'est bien Valcour que l'on me nomme. Peu disposé à répondre honnêtement à une question faite avec tant de brusquerie et de hauteur, je lui demande fièrement à mon tour, quel est le besoin qu'il a d'éclaircir un tel fait ? Quel besoin, Monsieur ?

sieur ? ↦ Le plus grand ? ↦ Mais encore ? ↦
Celui de réparer l'outrage fait à une famille
honnête par un homme de ce nom ; celui de
laver dans le sang de cet homme, ou dans le
mien, la vertu d'une sœur chérie........
Répondez, ou je vous regarde comme un malhonnête homme. ↦ Je vous connais, et je
vous entends ; vous êtes le frère d'Adélaïde.
↦ Oui, je le suis, et depuis l'instant fatal
qui nous l'a ravie. ↦ Qu'entends-je ? elle
n'est plus ! ↦ Non, cruel, tes indignes procédés lui ont plongé le poignard dans le cœur,
et depuis ce moment, je te cherche pour
arracher le tien, ou mourir sous tes coups :
viens, suis-moi ; je me reproche tous les instans où ma vengeance est retardée.

Nous gagnâmes promptement les derrières
de la comédie ; nous traversâmes le Rhône,
t nous enfonçant dans les promenades qui
sont sur l'autre rive en face de la ville, nous
nous disposions à nous battre, lorsque ne
pouvant tenir à l'intérêt puissant que m'ins-
pirait encore cette malheureuse maîtresse,
Sainval, dis-je avec la plus grande émotion,
je vous satisfais ; si le sort est juste, peut-

Tome I. Partie I.   D

être le serez-vous bientôt davantage : car je suis le coupable, et c'est à moi de périr; mais ne me refusez pas de m'apprendre, avant que nous ne nous séparions pour jamais, la fatale histoire de cette fille respectable.... que j'ai trompée, je l'avoue; mais qui ne peut cesser de m'être chère. — Ingrat, me répondit Sainval, elle est morte en t'adorant; elle est morte en suppliant le ciel de ne jamais punir ton crime. Elle avait avoué à mon père la faute où tu sus l'entraîner : il venait de la contraindre à l'ensevelir dans les bras d'un époux..... Obsédée par toute une famille, l'infortunée venait d'obéir...... Elle n'a pu résister à la violence du sacrifice. Chaque jour, chaque instant l'entraînait à la mort, et elle en a reçu le coup dans mes bras. Depuis cette époque fatale, je n'ai cessé de te chercher par-tout. J'ai suivi tes pas dans cette ville, incertain de t'y rencontrer. Je t'y trouve, presse-toi de me convaincre que tu ne joins pas au moins la lâcheté à la plus barbare séduction.

Nous nous battîmes ; le combat fut court: Sainval avait plus de courage que d'adresse, et plus de raison que de bonheur. Il cède sous les premiers coups que je lui porte, et j'ai la douleur de le renverser mort à mes pieds. A peine m'en suis-je convaincu que je m'élance en larmes sur le corps sanglant de ce malheureux jeune homme, dont les traits, dont la voix venaient de me rappeler si douloureusement sa malheureuse sœur. Dieu barbare ! est-ce ainsi qu'éclate ta justice ? n'étais-je pas le seul coupable ? . . . . . . n'était-ce pas à moi de succomber . . . . . et me relevant en délire : « Vil assasin, me » dis-je à moi-même, va combler ton affreuse » victoire ; ce n'est pas assez que ton lâche » abandon l'ait précipitée dans le cercueil ; » il faut encore que tu arraches la vie à son » malheureux frère. Triomphe affreux ! re- » mords déchirans ! Va, cours, dans le trans- » port qui t'agite, va joindre à toutes tes » victimes le chef infortuné de cette honnête » famille. . . . , Il respire. . . . . . Cet unique » enfant pouvait seul le consoler de la perte » d'une fille qu'il idolâtrait, ta cruauté vient » de le lui ravir ; achève, va lui percer le » flanc ». Et je me précipitais encore sur ce

D 2

cadavre sanglant, et je cherchais à le rani-
mer, à lui rendre le souffle de la vie aux
dépens même de celle que j'aurais voulu lui
sacrifier.

Il n'était plus temps . . . . . . je me lève
égaré ; je porte mes pas au hasard ; on avait
entendu le bruit du combat. On me vit fuir ;
on me poursuit, on m'atteint, on m'arrête, et
l'on me mène en diligence chez le commandant
de la ville. Mon désordre, mes habits ensan-
glantés, le rapport certain d'un homme mort,
une lettre trouvée sur M. de Sainval, par
laquelle son père lui ordonnait de me chercher jusqu'aux extrémités du monde ; tout
disposa M. de * * * qui commandait pour-
lors à Lyon, à des précautions et à de la
sévérité. Quelque grave que soit votre affaire,
Monsieur, me dit néanmoins avec honnêteté
ce militaire, je vais agir avec vous comme je
le ferais avec mon propre fils. Vous aurez
pour séjour une maison royale, et j'irai
demain vous y recommander moi-même : je
vais tout assoupir avec le plus grand soin.
Si d'ici à trois mois rien n'éclate, votre

liberté vous sera rendue ; mais il faut dans le cas contraire, que je vous aie absolument sous la main, afin que, si le tribunal ou la famille du mort venait à poursuivre, je puisse au moins prouver que j'ai fait mon devoir. Cependant, soyez tranquille ; je vais employer tant de soins pour tout anéantir, que vous serez, j'espère, bientôt maître de vos actions. Il sortit à ces mots pour donner des ordres ; et l'on me conduisit au château de Pierre-en-Cise, dans lequel il avait désiré que fût ma destination particulière, pour être plus à même de disposer secrètement de moi, et d'une manière qui pût m'être agréable.

Je ne vous rendrai point ce qui se passa dans mon âme, en arrivant dans ce lieu fatal : quelques politesses que je reçus de l'officier qui y commandait, toute l'horreur de ma position se présenta d'abord à mes yeux. . . . . Les premiers effets de mon désespoir firent frémir ceux qui m'entouraient : il n'y eut sorte de moyens que je ne cherchasse pour m'arracher la vie. Qu'il est heureux de rencontrer, dans de semblables circonstances

D 3

un homme d'esprit, et qui connaisse le coeur humain ! On ne peut exprimer ce que fit pour me calmer le respectable mortel entre les mains duquel mon heureux sort m'avait fait tomber.... Tantôt il s'adressait à ma raison, tantôt il intéressait mon coeur, et tirant toujours du sien les argumens qu'il employait, il sut me rendre à moi-même et à la vie que je perdais infailliblement sans son secours.

O vous, vils mercenaires, qui, dans des places semblables, ne regardez ceux qu'on vous confie, que comme des animaux dont le sang doit vous engraisser..... qui les tourmenteriez, qui les feriez expirer si l'on vous dédommageait amplement de leur perte ; en jettant vos regards sur le vertueux ami dont je parle, apprenez que ce même poste où vous ne trouvez à exercer que des vices, peut vous offrir la jouissance de mille vertus ; mais il faut une âme et de l'esprit pour le sentir, au lieu que la nature en courroux, qui ne vous a créés que pour le malheur des autres, ne mit en vous que de l'avarice et de la stupidité.

Un mois se passa, sans qu'on parlât de

cette affaire ; mes gens étaient toujours dans l'hôtel où j'étais descendu, et s'y tenaient, par mes ordres, renfermés sous le plus grand mystère. Enfin, le commandant de la ville parut...... « Rien ne transpire, me dit-il ; j'ai fait inhumer M. de Sainval le plus secrètement que j'ai pu : c'est par un avis détourné que j'ai fait part de sa mort à son père sans lui expliquer la cause qui l'a fait descendre au tombeau..... J'ai serré les papiers trouvés sur lui ; ils ne paroîtront pas, que je n'y sois contraint..... Voilà tous les services que j'ai pu vous rendre..... je les continuerai..... Sortez cette nuit sans éclat, et de cette prison et de la ville.... Vos gens, votre chaise et un passe-port vous attendent à la première poste qui est sur la route de Genève.... Rendez-vous à cette poste à pied et sans bruit ; passez de-là en Suisse ou en Savoie, et si vous m'en croyez, restez-y caché jusqu'à ce que vos amis vous aient mandé de Paris, quelle tournure a pris votre affaire. Il ne me reste plus que ma bourse à vous offrir : usez-en comme de la vôtre..... » Oh ! Monsieur, répondis-je en me jettant dans les bras de ce chef respectable, et refusant cette dernière offre, par où ai-je pu mériter tant de bontés ?.... Quel motif vous engage ainsi à servir l'infortune ?... « Mon coeur, me répondit M. de * * *, il fut toujours l'asyle des malheureux, et toujours l'ami de ceux qui vous ressemblent. »

Vous jugez de ma reconnaissance, Aline, je ne vous la peindrais que faiblement ; j'embrasse les deux fideles amis que mon heureuse étoile vient de me faire rencontrer ; je gagne, au plus vite, le rendez-vous qui m'est indiqué ; j'y trouve mes gens ; je m'élance en larmes dans ma voiture ; je laisse à mon valet-de-chambre le soin de tout ; je lui nomme Genêve, nous volons, et je m'anéantis dans mes pensées.

Vous imaginez, sans doute, aisément combien cette malheureuse affaire, quelque bonne tournure qu'elle prît, nuisait cependant à ma fortune ; il me devenait impossible d'aller prendre connaissance de mon bien, impossible de me rendre à l'expiration de mon congé, plus impossible encore de publier les motifs de ma fuite, de peur de faire éclater ce qui m'y contraignait. Les gens d'affaires allaient dévaster mon bien ; le ministre allait nommer à mon emploi : ces deux cruelles infortunes étaient pourtant les moins terribles que je dusse craindre ; car si je reparaissais, malgré tout cela, quel sort affreux pouvait m'attendre ?

Mon premier soin, en arrivant à Genêve, fut d'écrire à Déterville, le seul ami réel que je possédasse. Sa réponse quadrait on ne saurait mieux avec les conseils de M. de * * *. Rien ne transpirait, disait-il ; mais on était dans un instant de rigueur sur les duels, et dussé-je tout perdre, il valait mille fois mieux pour moi m'exposer à ce sort, que de risquer une prison peut-être perpétuelle, en reparaissant avant qu'il ne fût bien sûr qu'il n'y eût aucun danger.

Cet avis me paraissait trop sage pour ne pas être suivi, et je priai Déterville de m'écrire réguliérement tous les mois à Genêve, d'où je ne me proposai point de sortir, n'ayant pas assez de fonds pour voyager. Je renvoyai une partie de mes gens, après leur avoir fait promettre le secret, et j'attendis en paix ce qu'il plairait au ciel de décider pour moi. Ce fut pendant ce cruel désœuvrement que le goût de la littérature et des arts vint remplacer dans mon âme cette frivolité, cette fougue impétueuse qui m'entraînait auparavant, dans des plaisirs, et bien moins doux, et bien plus dangereux. Rousseau vivait je fus le voir, il avait connu ma famille, il me reçut avec cette aménité, cette honnêteté franche, compagnes inséparables du génie et des talens supérieurs; il loua, il encouragea le projet qu'il me vit former de renoncer à tout pour me livrer totalement à l'étude des lettres et de la philosophie, il y guida mes jeunes ans, et m'apprit à séparer la véritable vertu des systèmes odieux sous lesquels on l'étouffe. . . . « Mon ami, me disait-il un jour, dès que les rayons de la vertu éclairèrent les hommes, trop éblouis de leur éclat, ils opposèrent à ses flots lumineux les préjugés de la superstition, il ne lui resta plus de sanctuaire que le fond du cœur de l'honnête homme. Deteste le vice, sois juste, aime tes semblables, éclaire-les, tu la sentiras doucement reposer

dans ton âme, et te consoler chaque jour
de l'orgueil du riche et de la stupidité du
despote ».

Ce fut dans la conversation de ce philo-
sophe profond, de cet ami véritable de
la nature et des hommes, que je puisai
cette passion dominante qui m'a depuis
toujours entraîné vers la littérature et les
arts, et qui me les fait aujourd'hui préférer à tous les autres plaisirs de la vie,
excepté celui d'adorer mon Aline. Eh ! qui
pourrait renoncer à ce plaisir dès qu'il le
connaît ; celui qui peut fixer ses regards sur
elle sans frissonner du trouble de l'amour,
ne mérite plus la qualité d'homme ; il la
déshonore et l'avilit dès qu'il n'est plus
sensible à de tels charmes.

Les lettres de Déterville étaient cependant toujours à-peu-près les mêmes ; rien
ne transpirait, mais mon absence étonnait
tout le monde, et beaucoup de gens se
permettaient d'en raisonner d'une manière
aussi fausse que pleine de calomnie ; mon
ami savait que le trouble s'était mis dans mes
biens, il était presque sûr que ma com-

pagnie allait être donnée , et malgré tout
cela il m'exhortait vivement à ne pas sortir
de mon asyle. Enfin ce dernier malheur
arriva , j'écrivis pour le prévenir , je pré-
textai un voyage indispensable chez l'étranger , une succession essentielle à recueillir,
toutes mes ressources furent vaines , et le
ministre nomma à mon emploi.

Voilà , ma chère Aline , voilà les cruelles
raisons qui motivent le reproche peu mérité
que me fait votre père , reproche d'autant
plus injuste , qu'il ignore les raisons qui me
contraignent à le recevoir. Entre-t-il dans ce
malheur quelque chose qui puisse me faire
pe:dre votre estime , ou qui puisse m'aliéner
la sienne ? J'ose en douter.

Deux ans d'exil volontaire s'étant écoulés ,
je crus pouvoir me rapprocher de mes biens,
je partis pour le Languedoc ; mais que trou-
vai-je , hélas ! Des maisons démolies ; des droits
usurpés ; des terres incultes ; des fermes sans
régisseurs , et par-tout du désordre , de la
misère et du délabrement. Deux mille écus
de

de rente, furent tout ce qu'il me fut possible de recueillir des quatre fonds qui
valaient jadis plus de cinquante mille livres
annuels. Il fallut bien se contenter, et
hasarder de reparaître enfin. Je l'ai fait
sans aucun risque, et il devient chaque
jour plus que probable, que je ne serai
jamais poursuivi pour ce duel. Mais cette
catastrophe affreuse n'en sera pas moins
toute ma vie gravée en traits de sang dans
mon coeur. Mon emploi n'en est pas moins
donné, mes biens n'en sont pas moins
dévastés.... tous mes amis n'en sont pas
moins perdus... Malheureux que je suis!
est-ce donc après tant de revers que j'ose
prétendre à la divinité que j'adore?.....
Aline, oubliez-moi.... abandonnez-moi....
méprisez-moi.... ne voyez plus dans votre
amant, qu'un téméraire indigne des voeux
qu'il ose former. Mais si vous me tendez
une main secourable, si vous accordez
quelque retour au sentiment dont je brûle
pour vous, ne jugez pas mon coeur sur
les travers de ma jeunesse, et ne redoutez
pas l'inconstance où vous avez allumé les

Tome I. Partie I.   E

feux de l'amour. Il est aussi impossible
de cesser de vous aimer, qu'il l'est de
se défendre de vous ; mon âme uniquement
modifiée par les impressions de vos traits
ne peut plus se soustraire à leur empire,
et l'on m'arracherait plutôt mille fois la
vie qu'on ne détruirait mon amour. J'attends
mon arrêt et mon pardon. . Aline , Aline,
j'attends tout de votre pitié.

LETTRE SIXIÈME.
Aline à Valcour.

Ce 15 Juin.

O mon ami ! combien vos aveux me tou-
chent ! Que votre constance m'est chère !...
Moi, vous abandonner .... vous délaisser,
cruel !.. Ah ! plus vous avez été malheureux,
plus mon âme se livre au plaisir de vous
aimer ! C'est moi, mon ami, c'est moi que
le ciel choisit pour adoucir vos maux ; c'est
par ma main qu'ils seront tous calmés...
Ah ! Valcour ! combien vous me devenez cher

depuis que je connais votre infortune.... Ce n'est pas que vous n'ayez quelques torts... mais vous les sentez trop vivement, pour que je doive vous les reprocher. Vous avez été faible... vous avez été inconstant, peut-être même séducteur; mais vous avez été courageux et noble, tous ces revers vous ont plongé dans un abyme dont ma tendresse et les soins de ma mère veulent absolument vous retirer.... Non, je ne suis pas jalouse d'Adélaïde, je la plains de toute mon âme, elle intéresse bien vivement mon cœur. Mais je ne crains plus qu'elle règne dans le vôtre, et je suis assez glorieuse, pour être sûre de l'occuper tout entier.

Votre lettre a fait pleurer ma mère... Elle vous embrasse... elle est bien aise de savoir ce qui vous regarde... Et sans vous compromettre en rien, elle aura du moins, dit-elle, des armes pour vous défendre; soyez bien sûr qu'elle en usera.

Je ne vous écris qu'un mot. Nous partons, écrivez-nous dès les premiers jours du mois prochain.

Vous ferez vos lettres de manière à ce

E 2

qu'elles puissent se lire haut. Sans vous interdire pourtant la liberté d'y insérer de tems - en - tems un petit billet pour moi, et dans lequel vous ne m'entretiendrez que du sentiment qui nous flatte ; ma mère qui connaît vos vues, et qui les approuve, me remettra ces billets fidélement. Si vous avez quelque chose de plus secret à me dire, vous l'adresserez à Julie, cette fille qui me sert depuis son enfance, vous aime, dit-elle, comme si vous deviez devenir son maître un jour. Cela serait-il possible, mon ami ? Je ne sais, mais j'ai des pressen-timens qui quelquefois me consolent par leur illusion délicieuse, des chagrins de la réalité.

Nous emmenons Folichon (*). Comment

(*) Petit épagneul de la plus rare espèce, que Valcour avait donné à Aline. Il l'avait dressé à apporter, à sa maîtresse, un échaudé qui contenait un billet : Aline le recevait, lui en remettait un autre également rempli d'un billet que l'épagneul rapportait à son maître, avec la même fidélité. Ils s'écrivirent ainsi pendant deux ans, couvrant cette feinte innocente, de l'adresse et de la sone l'aimerai-je pas, quand c'est vous qui l'avez élevé ? Ce charmant animal vous chérit à tel point, que chaque fois qu'on vous annonce, il semble que l'espoir et la joie animent alors ses traits ; et quand son erreur est dissipée, il se rendort sur mes genoux avec un gros soupir, qui me le fait baiser mille fois.

LETTRE SEPTIÈME

Déterville à Valcour.

Paris, 17 Juin.

Si quelque chose peut adoucir les tourmens d'une âme honnête et sensible comme la tienne, mon cher Valcour, c'est la satisfaction de ceux qui te sont chers ; j'ose à ce titre t'apprendre mon mariage avec Eugénie. Toutes les difficultés qui nous séparaient sont vaincues, et dans vingt-quatre

briété du petit chien, qui portait et rapportait ainsi sans endommager nullement un objet, qui devait si bien aiguillonner sa gourmandise.

E 3

heures je serai le plus heureux des époux,
je n'ose pas dire des hommes, ta félicité
manque à la mienne ; et je ne pourrai
jamais me croire véritablement heureux,
tant que le meilleur de mes amis sera dans
l'infortune. Mais j'attends beaucoup pour
toi des délais qu'obtient madame de Blamont ;
elle t'aime ; sa fille t'adore ; espère tout
du cœur de ces deux charmantes femmes ;
tu sais qu'Eugénie, sa mère et moi, nous
sommes du voyage de Vert-feuille ; juge
si nous nous en occuperons, et si nous ne
chercherons pas tous les moyens possibles
d'avancer ton bonheur. Sois bien certain,
mon cher Valcour, qu'il ne sera question
que de cela. Mais je t'exhorte au courage
et à la patience. Oter de la tête d'un
robin une idée dont il est coëffé, est une
entreprise qui n'est point facile. Je voudrais, moi, qu'on étudiât un peu ce d'Olbourg ; ou je n'ai jamais su juger un homme,
ou ce grossier mortel doit renfermer un bel
et bon vice, qui, mis dans tout son jour,
refroidirait peut-être un peu l'enthousiasme
de notre cher Président. Je sais bien que

voilà encore une de ces ruses de guerre,
qui ne s'arrangera pas avec ta maudite délicatesse; mais mon ami, on se sert de tout
dans le cas où tu es ; pesons même, si
tu veux, ce procédé dans la balance de
ta justice. A supposer que d'Olbourg ait
quelque défaut capital qui dût faire le
malheur de sa femme, ton devoir ne serait-il pas de le prévenir ?

Adieu ; les embarras de la veille d'une
nôce m'empêchent de t'entretenir plus
long-tems ; O mon ami ! Quand pourrai-je
aller partager avec toi tous les soins de
la tienne ? Si tu me crois bon à quelque
chose pour la circulation de ton commerce,
dispose de moi ; Eugénie me charge de
t'offrir de même ses services ; mais j'imagine que toutes vos précautions sont prises ;
quand on s'aime aussi vivement que vous
le faites l'un et l'autre, rien n'échappe
dans la recherche de tout ce qui peut être
nécessaire au soulagement de ses peines.

LETTRE HUITIÈME.

Valcour à Déterville.

Paris, 19 Juin.

J'APPRENDS ton mariage avec la même joie que s'il s'agissait du mien, et je te félicite d'autant plus sincérement de cette union, qu'il est difficile de trouver une femme dont le charmant caractère quadre mieux avec le tien. Ce sont de ces rapports heureux, d'où naît sans doute toute la félicité de la vie. Hélas ! j'ai bien rencontré de même tous ceux qui peuvent faire le bonheur de la mienne ; ... mais que de difficultés, mon ami ! Ah ! je ne me flatte jamais de les vaincre ; et puis... te le dirai-je ? t'avouerai-je encore une délicatesse que tu vas traiter d'enfantillage ? La brillante fortune d'Aline.... le pitoyable état de celle de ton ami ; tout cela, mon cher, me fait craindre que l'on n'imagine que mes sentimens ne sont fondés que sur l'envie de conclure, ce qu'on appelle dans le monde *une bonne affaire* ; si jamais on allait le penser, si cette affreuse idée venait dans de certains instans de calme s'offrir à l'esprit de mon Aline ! . . . . . . O mon cher Déterville ! je la fuirais pour ne la jamais revoir. . . Ah ! comme je désirerais à présent ce que j'ai toujours méprisé ! . . . que je voudrais posséder des honneurs, des trésors, et tout ce qui pourrait me rendre plus digne de celle que j'adore !

A supposer même que les difficultés s'aplanissent, et que je parvienne à ce que j'appelle l'unique bonheur de ma vie, le regret de ne lui avoir pas apporté un bien digne d'elle, n'altérera-t-il pas ma félicité ? L'illusion des plaisirs évanouie, ne redouterai-je pas qu'elle-même ne conçoive un jour ces regrets ? O mon ami ! cache-lui mes craintes, elle ne me pardonnerait pas de les avoir conçues.

Non, je n'approuve point tes recherches secrettes sur d'Olbourg, il y a une sorte de trahison, qui ne s'arrange pas avec la franchise de mon âme ; je ne veux devoir qu'à moi seul la préférence d'Aline, il serait, ce me semble, humiliant pour moi, de ne triompher que par les vices de mon rival.

S'il en a qui puissent faire le malheur
d'Aline, sa mère saura les découvrir aussi-
tôt, pour prévenir leur union. Tout sera
à sa place alors; elle aura fait ce qu'elle
doit, et je n'aurai pas fait ce que je ne
dois pas.

Je n'userai point de tes offres pour ce
voyage-ci, nos arrangemens sont pris,
ma reconnaissance n'en est pas moins là
même... Ah! que j'envie ta félicité, mon ami;
tu la verras tous les jours... à tout instant
tes yeux pourront se fixer sur les siens; tu
respireras le même air qu'elle; tu jouiras
de ces mélanges de traits... mélanges charmans qui viennent se peindre à toutes les
heures sur sa délicieuse figure... Car re-
marque-la bien: un sentiment... un propos...
une influence dans l'air... un repas....
chacune de ces choses modifie différemment
ses traits. Elle n'est jamais jolie à une certaine heure comme elle la devient à l'autre;
je n'ai vu de mes jours une physionomie
si piquante et si différemment expressive.
Je conviens qu'il faut être amant pour étudier, pour saisir toutes ces nuances. Mais

mon ami, le coeur y gagne, il n'est pas une seule de ces variations qui ne légitime mille raisons de l'aimer davantage.

Adieu... je te trouble... je dérobe des instans à ta félicité ... jouis... jouis, heureux ami... je ne veux point flétrir les roses de l'hymen, par les larmes amères de l'amour malheureux; je ne m'occupe plus que de ton bonheur... Ah! crois qu'il est bien vivement partagé par l'ami le plus sincère que tu possèdes au monde.

LETTRE NEUVIÈME.

Le président de Blamont à d'Olbourg.

Paris, ce 1 Juillet.

Il me paraît, mon cher d'Olbourg, que jusqu'ici tes succès ne sont pas brillans, et comment diable hasarderai-je de te mener à la campagne, après avoir si mal réussi à la ville? Toutes réflexions faites, on te déteste... Qu'importe. Il est, comme tu sais depuis bien long-tems, dans nos principes, de s'embarrasser fort peu du coeur d'une femme, pourvu qu'on ait sa personne et son argent. Si tu ne t'y prends pas mieux que cela, cependant, je crains que nous ne soyons réduits à emporter la citadelle d'assaut. Je t'aiderai à la battre en brèche, et pendant que tu formeras tes attaques, je te ménagerai des auxiliaires. Il arrive souvent que quand on a l'intention de se rendre maître d'une ville, on est obligé de s'emparer des hauteurs, on s'établit dans tout ce qui commande, et de-là on tombe sur la place sans redouter les résistances.

Ou bien on négocie... on tourne... on TERGIVERSE,
D'espoir ou de bonheur tour-à-tour on la BERCE,
Et si-tôt qu'on la tient, de sa crédulité
On la punit alors avec rigidité.

T'on imbécille franchise t'empêche de rien entendre à tout cela; ce n'est pas que tu ne sois *roué* dans les formes, mais tu l'es avec trop de bonne foi. Tant qu'une porte ne s'ouvre point à deux battans, tu n'imagines pas qu'il puisse y avoir de moyens de forcer les barricades; je te l'ai dit cent fois, mon ami, ce n'est que dans notre métier qu'on apprend

prend l'art de feindre, et de tromper les hommes. Jette les yeux sur la multitude de détours que nous savons mettre en usage quand il s'agit, par exemple, de faire périr un innocent. Sur la quantité de faussetés, de mensonges, de subornations, de pièges, de manoeuvres insidieuses que nous employons habilement en pareilles circonstances, et tu verras que tout cela nous forme au métier des ruses, et à la science d'amener les événemens au but que nous nous proposons. Je rirais bien de toi, s'il te fallait entreprendre *seul* cette grande aventure, et réussir *seul*. Tu irais-là avec une candeur.... une vérité... pas une malheureuse petite énigme, pas une seule tournure, (1) pas un simulacre de feinte!

(1) Il y a apparence que le goût des robins pour les énigmes, les emblêmes et l'argent, était le même du tems de Rabelais que de nos jours : voici comme il les peint dans son Pantagruel. « On arrêta à l'isle de condamnation (ce sont les parlemens.) Quelques-uns de nos gens ayant voulu descendre au guichet, y furent arrêtés par ordre de GRIPE - MINAUD, archiduc des

Tome I. Partie I.   F

et comme on te _déboutérait_ bientôt de tes
ridicules prétentions ! .. ce n'est plus que par
la fourberie, mon cher d'Olbourg, que l'on
s'avance aujourd'hui dans le monde ; et
puisque le plus heureux de tous, est celui
qui trompe le mieux, ce n'est donc que
dans l'art de bien tromper, que l'on doit
tâcher de se rendre habile... Au fait : ce
sont les femmes qui sont cause de cela ;
à force de vouloir être fines, elles ont
réussi à nous rendre faux. Les folles créatures ! que j'aime à les voir se débattre avec
moi ! c'est l'agneau sous la dent du lion...
Je leur rends dix points sur seize, et suis
toujours sûr de les gagner de quatre...
enfin la campagne s'ouvre... les Amazones
s'arment... les Sauvages vont les attaquer...
Nous verrons qui la victoire couronnera ;

CHATS FOURÉS, qui leur proposa une énigme
à deviner. Panurge en dit le mot, et jetta au
milieu du parquet, une bourse pleine d'or qui
les fit tous jetter les uns sur les autres pour
ramasser l'argent ; et la pate bien graissée, ils
accordèrent enfin les passe-ports demandés pour
continuer leur route.

mais que rien de tout ceci n'aille au moins
troubler nos amusemens ; il faut savoir conduire plus d'une intrigue de front, et le projet des plaisirs qu'on ne goûte pas encore,
ne doit se former qu'au sein de ceux dont
on jouit.... Je t'attends ce soir chez nos
déesses. Il y avait en vérité des siècles
que nous n'avions fait un si sage arrangement que celui-là.

LETTRE DIXIÈME.

Aline à Valcour.

Vert-feuille, 15 Juillet.

Nous sommes établis, Valcour, et notre vie
est décidée ; elle est libre et charmante ; il n'y
manque que vous, mon ami, pour la rendre
délicieuse ; cette privation déjà sentie par
la société, l'est bien plus vivement par
mon cœur.

Laissez-moi vous dire comment nous vi-
vons, je sais que ces détails vous plaisent,

F 2

vous m'y suivez, j'en suis plus présente à votre imagination, et réellement l'absence en devient par-là moins cruelle.

Le château de Vert-feuille, dans lequel il faut d'abord que votre esprit se transporte, n'est pas très-magnifique, mais commode et d'une excessive propreté ; il est situé à cinq lieues d'Orléans, sur les bords de la Loire.

La forêt voisine qui l'ombrage, nous procure des promenades charmantes ; les prairies vertes et fraîches qui l'environnent, toujours peuplées de troupeaux gras et bondissans, sont par-tout ornées de villages et de maisons de campagne ; les jardins agréablement coupés par des canaux limpides, par des bosquets odoriférants, qu'égayent une multitude étonnante de rossignols ; l'immense quantité de fleurs qui s'y succèdent neuf mois de l'année ; l'abondance du gibier et des fruits ; l'air pur et serein qu'on y respire... tout cela, mon ami, contribue, quoique l'objet soit de peu de conséquence, à en faire un séjour digne d'orner l'Élysée, et est mille fois préférable à toutes les belles terres de monsieur de Blamont , uniformes par-tout , et n'offrant jamais que l'ennui à côté de la régularité.

On se lève ici tous les jours à neuf heures, et tant qu'il fait beau , le rendez-vous du déjeûner est sous un bosquet de lilas, où tout se trouve prêt dès qu'on arrive. Là, l'on prend ce qu'on veut , et ma mère a soin d'y faire trouver à-peu-près tout ce qu'elle sait devoir plaire à chacun. Cette première occupation nous conduit à dix heures ; alors on se sépare pour aller passer les momens de la grande chaleur, dans quelques cabinets frais , avec des livres : on ne se réunit plus qu'à trois heures. C'est l'instant de servir, on fait un excellent diner , et d'autant plus ample , que c'est le seul repas où l'on se mette à table.

A cinq heures on en sort, c'est l'heure des grandes promenades , les cannes et les cœffes se prennent, et Dieu sait où l'on va se perdre ! A moins que le tems ne menace, il est d'institution d'aller à pied et toujours extrêmement loin , sans autre dessein que de marcher beaucoup ; nous appellons cela *des aventures.* Déterville est le seul homme

F 3

qui nous accompagne, et en vérité à la manière dont nous nous égarons, je ne doute
pas qu'incessamment *les aventures* que nous
prétendons chercher, ne nous arrivent.

Madame de Senneval qu'on prendrait bien
plutôt pour la soeur aînée d'Eugénie, que pour
sa mère, appelle cela *des imprudences*, et
madame de Blamont, ma chère et délicieuse
maman, plus folle qu'aucune de nous,
assure gravement que ce qui peut nous arriver
de pis, est de rencontrer quelques chevaliers
de la table ronde, cherchant des lauriers dans
les Gaules, Gauvain, le sénéchal Queux, ou
le brave Lancelot du Lac; ces honnêtes
gens, protecteurs-nés du sexe, n'ont jamais
fait de mal aux femmes, et que par conséquent
nous sommes en sûreté.

On revient dès que le jour baisse; on se
jette sur des canapés, rendus, comme vous
l'imaginez bien, et l'on sert des fruits, des
glaces, des sirops ou quelques vins d'Espagne
et des biscuits; le léger repas pris, chacun
sur son fauteuil, on commence ce qui s'appelle
la soirée. Déterville ou ma mère, nos deux
meilleurs lecteurs, s'emparent de quelques

ouvrages nouveaux, et la lecture se fait
jusqu'à minuit, heure où chacun se sépare
pour aller prendre les forces nécessaires à
recommencer le lendemain; cette vie ainsi
coupée, a l'art de nous faire passer les jours
avec tant de rapidité, qu'excepté moi, mon
ami, qui trouve toujours trop longs les
instans où je dois exister sans vous, chacun
en vérité croit n'être ici que d'hier.

On part pour les aventures. Je vous quitte;
que diriez-vous, mon ami, si quelque géant...
Ferragus, par exemple, le fléau du brave
chevalier Valentin; si, dis-je, cet incivil personnage allait vous enlever votre Aline?..
Vous armeriez-vous de pied-en-cap pour combattre le déloyal?.. oui, mais si Aline était
déjà la femme du géant.

O mon ami, je suis moins triste ce soir,
je ne sais pourquoi; mais ma mère est si
aimable!.. sa tendresse pour moi est si vive!..
elle me console si bien!... elle laisse naître
avec tant de bonté dans mon coeur, l'espoir
heureux d'être un jour à tout ce que j'aime,
qu'elle adoucit un peu le chagrin d'en être
séparé.

Elle me disait hier : Si votre père vous déshéritait , il ne pourrait pas vous enlever au moins cette petite terre ; elle est bien sûrement à vous, sans que jamais rien puisse vous en priver ; voilà pourquoi je l'arrange, pourquoi je la soigne et je l'embellis ; je veux qu'elle vous oblige à penser à moi quand je ne serai plus . . . et moi que cette idée trouble et désespère , moi qui ne peux l'admettre sans frémir . . . je me précipite dans ses bras , et je lui dis : maman, ne me parlez donc point ainsi , vous allez me faire mourir . . . et nos larmes coulent dans le sein l'une de l'autre , et nous nous jurons de nous aimer et de ne mourir qu'ensemble . . . Eh bien , ne voilà-t-il pas ma gaîté qui me quitte ; j'avais bien affaire aussi d'aller vous détailler ces circonstances . . . Adieu , aimez-moi et écrivez-nous.

LETTRE ONZIÈME.

Valcour à Aline.

Paris, 20 Juillet.

JE vous écris à la hâte, dans l'affreuse
inquiétude où je suis; prolonger mon billet
serait en retarder l'envoi, et je brûle d'im-
patience de le savoir en vos mains. La peinture
de la vie que vous menez est délicieuse, votre
bonheur s'y peint, cette idée me console;
mais ces grandes courses m'effraient, elles
seules sont l'objet de ma lettre; je pense
comme madame de Senneval; elles sont folles,
et je vous supplie d'y mettre des bornes, ou
si vous y tenez, si elles vous amusent
ayez au moins plus d'un homme avec vous...
faites-vous suivre; quelque fond que je fasse
sur la vaillance de mon cher Déterville, vous
m'avouerez qu'il lui deviendrait impossible de
vous défendre seul, contre une troupe armée....
Aline, nous avons des ennemis puissans, je me
fie peu à ce qu'ils disent, leur fausseté m'ef-
fraie plus que leurs promesses ne me rassurent;

point d'imprudence, je le demande à genoux à madame de Blamont, que je supplie d'accepter ici l'hommage sincère de mon respectueux attachement.

LETTRE DOUZIÈME.

Madame de Blamont à Valcour.

Vert-feuille, 25 Juillet.

OUI, c'est moi qui reçois cette lettre pressée, et c'est moi qui ris de toute mon âme de la ridicule frayeur qu'elle nous peint. Rassurez-vous, nos courses n'ont aucun danger ; quelque viol, quelqu'enlèvement, c'est en vérité tout ce que j'y vois de pis, et dans ces fatales extrêmités, n'avons-nous pas le brave Déter-ville, qui, quoique seul, romprait plutôt douze lances, soyez-en bien sûr, que de laisser enlever sa femme, ou les deux amies de son ami ; à l'égard des gens qui promettent, j'ai plus de confiance que vous en leur parole ; ils m'ont juré du repos cet été, et j'y crois. La confiance bien ou mal placée, calme le sang ; ne troublez pas le plaisir qu'elle me donne.

Il vient de nous arriver ici un homme de votre connaissance qui s'intéresse toujours bien vivement à vous. C'est le comte de Beaulé ; son grade dans la province, ses terres voisines de la mienne, son ancienne amitié pour moi ; toutes ces raisons l'ont engagé à venir me donner quelques jours ; je ne vois jamais ce brave et honnête militaire, sous lequel vous avez fait vos premières armes, sans une sorte d'émotion respectueuse ; je ne trouve que lui en France qui nous peigne encore les franches vertus de l'antique chevalerie ; son costume, son air, la manière dont il s'exprime, tout annonce en lui le religieux sectateur de ces loix si prodigieusement oubliées de nos jours... de ces loix précieuses, remplacées par de l'impertinence et des vices... ; mais quelle est cette petite tête qui s'approche de la mienne ?... Vîtes-vous jamais un procédé pareil ?... Parce qu'on m'a vu prendre mon écritoire, ne

voilà-t-il pas tout de suite un visage par-
dessus mon épaule.... et puis de grands éclats
de rire, parce que je surprends cette tête
et que je gronde. — Mais, maman, c'est que
c'est moi que cette correspondance regarde,
vous l'avez dit. — Eh bien, mademoiselle,
j'ai changé d'avis, vous me laisserez bien
peut-être jouir une fois de vos plaisirs. — Oh!
maman... Et puis on ne rit plus, c'est un
singulier être pourtant qu'une petite fille
dont le cœur est pris. — Tenez, mademoiselle, changeons de rôle, votre père veut que
j'écrive à monsieur d'Olbourg, chargez-vous-
en. — A monsieur d'Olbourg, maman? — A lui-
même. — Et qu'y a-t-il de commun entre
cet homme et moi? — Comment! n'est-ce pas
lui qui doit devenir mon gendre? — Oh! vous
aimez trop votre Aline, pour la sacrifier ainsi.
— Et bien, oui, mais votre père? — Vous le vain-
crez. — Je n'en réponds pas. — Je mourrai donc? —
Allons, venez que je vous embrasse encore une
fois avant cette mort, à l'anglaise, et laissez-
moi finir ma lettre. — On est venu couvrir
de larmes le papier sur lequel j'écrivais.
Vous le voyez; il faut que je change de page,
et

et la friponne rit et pleure à-la-fois, en me
baisant.... enfin, elle s'asseoit, et je puis
écrire.

Nous avons ici le tableau de la félicité.
Eugénie, que nous ne devrions plus nommer
que madame Déterville, aime passionément
son mari, et elle en est adorée. C'est dans
l'asyle du repos et de l'innocence, c'est à la
campagne, mon cher Valcour, où le bonheur
de s'aimer se goûte mieux selon moi, et où
l'on se plaît mieux à en comtempler le spectacle... Mais à Paris, dans ce gouffre de per-
versité, où les mauvaises moeurs forment le
bon air, où l'indécence est une grace, la
fausseté de la finesse et la calomnie de l'esprit. On ne connaît rien de ce que dicte la
nature, toujours à côté, ou au-delà de ses
mouvemens; on y trouve plus court de per-
sifler que de sentir, parce qu'il ne faut pour
l'un qu'un peu de jargon, et que pour l'autre
il faudrait un coeur, dont les sensations
énervées par la licence et corrompues par la
débauche ne retrouvent plus leur énergie
On y chansonnerait un époux qui au bout

Tome I, Partie I.   G

d'un mois serait encore amoureux de sa
femme.... Oh que je hais ce ton ! Oh que je
vous haïrais, je crois, vous même, si vous
n'étiez pas encore amoureux de la vôtre au
bout de vingt ans. Adieu, tenez-nous parole, soyez sage, et tout ira bien.

LETTRE TREIZIÈME.

Aline à Valcour.

Vertfeuille ce 6 Août.

L₁ comte vient de nous quitter, nous allons reprendre notre ancienne vie, il était
devenu nécessaire de l'interrompre. Monsieur Debaulé se promène peu, et malgré
ses instances pour ne pas nous déranger,
nous avons dû lui tenir compagnie ; que ce
début ne vous alarme point. Encore une fois
les courses n'ont rien de dangereux, croyez

que nous ne les ferions pas , s'il y avoit la
moindre chose à craindre.

Ma mère entretint l'autre jour son ancien
ami de nos projets communs, il les approuve,
de cet air ouvert et franc , qui fait voir que
le *oui* qu'on répond part du cœur, et n'est
pas le mot de convenance ; mais il craint
bien qu'on ne réussisse pas à vaincre le président; il a souri en disant que d'Olbourg
et lui étaient *intimément liés* , et souri d'une
façon qui me fait craindre que ce ne soit
le vice qui étaye cette indigne association.
Quelques frêles que dussent être ces socié-
tés , peut-être sont-elles plus difficiles à
rompre que celles que la vertu soutient, et
j'en redoute étonnamment les effets ; ils
lient , prétend-on , leurs maîtresses entre
elles , comme ils le sont eux-mêmes , et ce
quadrille pervers est indissoluble , on me
l'a dit à l'insçu de ma mère ; garde-moi le
secret ; ce d'Olbourg.... une maîtresse....
Et quelle est donc la créature abandonnée...
il est vrai que quand on n'est riche.... Mon
ami cet homme a une maîtresse! et si cela

est, pourquoi veut-il m'épouser !.... mais entendez-vous de telles mœurs ? D'où vient prendre une femme alors ? c'est donc un meuble qu'on achète,.... ah ! j'entends, on a cela dans sa chambre, comme un magot sur sa cheminée.... c'est une affaire de convention, et je serais la victime de cet usage, et je romprais des nœuds qui me sont si chers, pour être la femme de cet homme-là ! Comment concevriez-vous votre malheureuse Aline dans cette fatale existence, s'il fallait que le ciel l'y soumît ?

Déterville voudrait faire quelques recherches sur les mœurs dépravées de ce financier, il m'a dit votre délicatesse, je ne puis m'empêcher de l'approuver, et la mienne à-présent m'impose les mêmes lois, car, si cette liaison vicieuse est constatée entre mon père et d'Olbourg, Déterville ne dévoilerait les torts de l'un, qu'en mettant ceux de l'autre au jour.... Le dois-je, ma mère est malheureuse, je serais bien fâchée, qu'une aussi triste découverte vînt augmenter l'horreur de sa situation; ce

n'est pas que son cœur y fût compromis,
après les procédés de monsieur de Blamont;
il serait difficile, sans doute, que sa femme
pu l'aimer bien affectueusement, et d'ailleurs leur âge est si différent! mais qu'on
aime ou non son mari, on n'en partage
pas moins tous ses torts, et les vices qui
se trouvent en lui, n'en affligent pas moins
nôtre orgueil. Les chagrins que ce sentiment blessé, peut faire naître, sont peut-
être aussi cuisans que ceux que nous donne
l'amour.... je ne le crois pas cependant, et
comme il n'est pas de sensation plus vive
que celle de l'amour, il ne peut en exister
dont les tourmens puissent devenir aussi
sensibles.... Je ne sais.... je ne suis plus si
gaie, il me passe tout plein de nuages dans
l'esprit; mon père nous a fait espérer du
repos cet Été. Mais s'il ne changeait d'avis,
s'il arrivait avec son cher d'Olbourg.... Eugénie le craint, j'en frisonne...O mon cher
Valcour ! je l'ai dit à ma mère ; mais si
cet homme arrive, je fuis... qu'il ne compte
pas sur ma présence, je ne résisterais pas

G 3

à l'horreur de la sienne ; distrayez-moi, Valcour, ôtez-moi ces tristes idées, elles troublent mon repos , et je ne puis les vaincre ; mais est-ce vous qui me consolerez, vous qui devez frémir autant que moi....

LETTRE QUATORZIÈME.

Valcour à Aline.

Paris , 14 Août.

Vous rassurer !.... qui, moi ? Ah! vous avez raison , je tremble autant que vous, le caractère de l'homme dont il s'agit , est bien fait pour nous alarmer tous les deux ; cette sécurité où sa promesse vous tient, enveloppe peut-être un piége dans lequel il veut vous surprendre. Il voudra voir si votre solitude est exacte , si je ne m'avise point de troubler.... et qui sait s'il n'amè-

nera pas son d'Olbourg ? cependant il n'est
pas vraisemblable qu'on exige tout de suite,
de vous, un serment qui vous cause autant
de répugnance ; n'est-on pas convenu de
vous laisser du tems ?.... si l'on vous contraignait, n'en doutez pas, cette mère
qui vous adore, et que nous chérissons, si
bien tous les deux, prendrait alors votre
parti avec une chaleur capable de vous
obtenir de nouveaux délais.... hélas ! je
vous rassure et je frémis moi-même ; je
veux calmer des troubles qui me dévorent,
je veux consoler Aline et je suis plus affligé
qu'elle.

Il est vrai que je me suis opposé aux recherches que me proposait Déterville, et
d'après ce que vous m'apprenez, je m'y
oppose encore plus fortement ; nous pouvons souffrir des torts de ceux auxquels la
nature nous a asservit, mais nous devons
les respecter ; si madame de Blamont ne
se trouvait pas liée, comme nous, dans
cette recherche, j'oserais dire que ce soin
la regarde ; mais si l'association soupçonnée

est sûre , elle ne le peut plus. Non qu'elle
ne le dût , si elle était incertaine ; mais
si la chose est prouvée , le silence est son
lot. Que faire ? que devenir ! qu'imaginer
grand Dieu ! au moins votre cœur me
reste , Aline , j'ose être sûr d'y régner.
Que cette consolation m'est douce ! je
n'existerais pas sans elle. Conservez-le
moi ce sentiment qui fait mon bonheur ;
soyez toujours l'unique arbitre de mon sort ;
opposons à cette multitude d'obstacles, la
fermeté que donne la constance et nous
triompherons un jour ; mais si vous fai-
blissez , si les persécutions vous déter-
minent.... si le malheur vous abat , Aline ,
envoyez-moi la mort ; elle me sera bien
moins cruelle.

LETTRE QUINZIÈME.

Déterville à Valcour.

Vertfeuille , ce 26 Août.

Tu l'avais deviné, mon cher Valcour, il devait nécessairement nous arriver quelqu'aventure à ces promenades éloignées, si fort du goût de madame de Blamont, et si désapprouvées par ta prudence ; mais ne t'inquiète pas , aucune diminution à la somme totale de nos hôtes , nulle atteinte à aucune d'eux. Ce n'est qu'une recrue que nous avons faite.... une recrue fort singulière , et pour que ton imagination , que je connais impatiente et fougueuse , n'aille pas au-devant de la vérité , et ne la change aussi-tôt en d'affreux revers, écoute avant que de prévoir.

Depuis que les jours diminuent , on dîne plutôt à Vertfeuille , afin de se trouver toujours à peu-près la même quantité d'heures de promenade. En conséquence , hier nous

étions, malgré l'extrême chaleur, partîs
à trois heures et demie, dans le dessein
de traverser un petit angle de la forêt,
derrière lequel se trouve un hameau charmant, où ton Aline a une bonne amie,
nommée *Colette* qui lui donne toujours d'excellent lait.... on voulait donc aller goûter
du lait de *Colette* ; mais il fallait se presser,
on ne voulait pas repasser le bois la nuit,
et cette nuit qu'on craignait, devait étendre ses voiles lugubres à près de sept heures.
Il y a deux lieues de Vertfeuille chez *Colette*;
ainsi, pas un moment à perdre. Tout allait
le mieux du monde jusqu'au hameau ; on
arriva à cinq heures et demie, chez la
jolie laitière ; on but son lait. Aline qui
lui portait plein ses poches de babioles
qu'elle savait faites pour lui plaire, en fut
reçue comme tu l'imagines ; mais toutes les
montres marquaient six heures, il s'agissait de partir en diligence.... On se quitta
donc tout en me grondant, tout en disant
qu'on avait à peine le tems de respirer....
que j'étais plus effrayé que les femmes, et

mille autres mauvaises plaisanteries, qui ne me démontèrent point, parce que si j'étais alarmé, les chères dames devaient bien voir que ce n'était que pour elles, c'est pourquoi je tins bon et nous partîmes.

A peine engagés dans la route du bois, dont le débouché touche aux avenues de Vertfeuille, nous entendîmes des cris perçans qui nous parurent venir d'une des routes diagonales qui se perdent dans le milieu de la forêt. Tout le monde s'arrête... il était déjà nuit; l'étonnemenr fait place à la peur, et voilà toutes nos héroïnes tellement effarouchées, que l'une, Eugénie, tombe évanouie dans mes bras, et que les trois autres perdant absolument l'usage de leurs jambes, se laissent tomber au pied des arbres.

Si je désirais qu'on ne se trouvât pas de nuit au milieu d'une telle route, c'est que je prévoyais bien ce qu'il arriverait au plus léger accident; et l'embarras qui en résulterait pour moi; rassurer, approfondir, défendre, telle était ma besogne, et j'étais

bien plus embarrassé des deux premiers
soins que du troisième. Je les calmai donc
de mon mieux, et sans perdre une minute,
je m'élance où j'entends les cris. Il n'était
pas aisé de trouver l'endroit d'où ils par-
taient ; la malheureuse qui les jetait était
hors de la route, elle paraissait enfoncée
dans le taillis, et quelque bruit que je fisse
moi - même, quoique j'appellasse..... trop
occupée de sa douleur, l'infortunée ne me
répondait point. Je distingue cependant
plus juste, je quitte la route, m'enfonce
dans le taillis, et trouve enfin sur un tas
de fougère, au pied d'un grand chêne,
une jeune fille venant de mettre au jour
une malheureuse petite créature, dont la
vue, jointe aux douleurs physiques que
venait d'éprouver la mère, faisait pousser à
cette mère désolée de lamentables cris,
qu'accompagnaient des pleurs abondants.
Mon abord, l'épée à la main, l'effraya,
comme tu peux penser ; mais la cachant
sous mon habit si-tôt que je m'aperçus que
je n'avais affaire qu'à une femme, je m'approchai

prochai d'elle, et lui parlant avec douceur,
je parvins promptement à la tranquilliser.
Pardon, lui dis-je, Mademoiselle, je n'ai
le tems ni de vous écouter ni de vous secourir, je dois rejoindre des dames qui
m'attendent ici près, que je ne puis abandonner seules à l'entrée de la nuit, et que
vos cris viennent d'effrayer ; votre position
me paraît embarrassante ; suivez-moi,
emportez cette petite créature, donnez-
moi le bras et partons. Qui que vous soyez,
me dit l'inconnue, vos soins me sont précieux, mais je n'ose en profiter, je voudrais aller au village de Berseuil, daignez
m'en montrer la route, je suis assurée d'y
trouver des secours. — Je ne connais point
de village de Berseuil dans ces environs, je
ne puis vous offrir pour le présent que ce
que je viens de vous dire, acceptez-le,
croyez-moi, ou je vais être obligé de vous
quitter. — Alors cette pauvre fille ramasse
son enfant ; elle le baise. Malheureuse
créature, s'écria-t-elle en l'entortillant d'un
mouchoir et le plaçant dans son jupon,

H

fruit de ma honte et de mon déshonneur, devais-je croire que tu serais privée d'abri dès en voyant le jour ! puis elle prit mon bras, et marchant avec peine, nous regagnâmes au plutôt l'endroit où j'avais laissé ces dames. Nous les revîmes bientôt.... mais dans quel état ! les deux filles tenaient leurs mères embrassées, et quoiqu'elles fussent elles-mêmes dans une agitation prodigieuse, elles s'efforçaient de les rassurer. Tu juges de l'effet de mon retour, n'apercevant qu'un individu de leur sexe, voyant mon air ouvert et tranquille, tout se calma et l'on accourut vers moi. Je fis en deux mots l'histoire de ma rencontre ; la jeune fille extrêmement confuse, témoigna son respect comme elle put. On examina, on caressa l'enfant ; Madame de Blamont voulait donner au moins quelques instans de repos à la mère, tant par humanité que pour s'instruire un peu plus à fond de ce qui pouvait éclaircir une aussi singulière aventure ; mais faisant observer à ces dames que la nuit s'épaississait de plus en plus, et qu'il nous restait près de trois quarts de lieues, je décidai le départ le plus prompt. Aline voulut porter l'enfant, pour soulager la mère à laquelle je donnai le bras; Eugénie aida des siens les deux dames, et nous sortîmes en diligence du bois. Point d'éclaircissemens que nous ne soyons au château, dis-je à Madame de Blamont qui voulait toujours questionner, ils nous retarderaient, ils fatigueraient cette jeune personne déjà très-abattue, ne nous occupons ce soir que d'arriver et de secourir. On approuve mon conseil, et nous touchons enfin le port. Il était tems; à peine la pauvre demoiselle, dont j'aidais les pas, pouvait-elle se traîner. Ce qui fit dire à Madame de Blamont qu'assurément elle serait morte si elle eût persisté dans son projet de se rendre à ce village de Berseuil, dont j'ignorais la situation, et qui se trouvait à six grandes lieues de l'endroit où la rencontre s'était faite. Le premier soin de la maîtresse du logis, fut d'établir cette infortunée dans une des meilleures cham-

H 2

bres du château avec son enfant, et après lui avoir fait prendre d'abord un bouillon, puis deux heures après une rôtie au vin de Bourgogne, on la laissa reposer.

Comme on n'avait voulu d'elle ce soir là aucun éclaircissement pour ne la point fatiguer, l'aventure comme tu le crois, fut interprétée de toutes sortes de manières, chacun dit son mot, et par une fatalité, assez commune dans ces sortes de cas, personne n'approcha d'une vérité plus importante que l'on ne le pensait.

Le lendemain matin, c'est-à-dire aujourd'hui, on doit, aussi-tôt qu'on supposera la belle aventurière éveillée, se transporter dans son appartement pour apprendre d'elle le récit de son histoire, si la sage-femme qu'on a envoyé chercher sur-le-champ, la trouve assez bien pour lui permettre de nous la raconter, ce récit fera donc le sujet de ma première lettre, le courrier part, Madame de Blamont me presse, et je t'embrasse

LETTRE SEIZIÉME.

Le même au même.

L<small>E</small> courrier ne partant point hier, je n'ai pu reprendre le fil de notre aventure qu'aujourd'hui.... ô mon ami, que d'idées tout ceci va faire naître en toi, et quels soupçons singuliers se forment ici dans toutes les têtes ! Serait-il possible que le hasard eût voulu placer dans nos mains, le premier anneau d'une chaîne, dont l'extrémité peut tenir au but d'éclaircissement que nous nous proposons avec tant d'ardeur ! Mais comme rien ne peut s'affirmer encore, contentons-nous, moi de raconter, toi de soupçonner, de conjecturer et d'approfondir, même si tu veux.

La sage-femme introduite hier matin dans la chambre de la jeune personne, nous apprit peu après que la nuit avait été agitée, qu'il y avait eu un peu de fièvre, mais que

H 3

ces accidens n'ayant rien d'étranger à l'état,
nous pouvions entrer si nous le désirions
et apprendre tout ce qui la concernait ;
elle consentait à nous instruire. Il n'y eut
d'admis que madame de Senneval, madame
de Blamont et moi, on ne crut pas décent
d'y mener Aline. Heureux caractère qui
modèle toujours ses désirs sur ses devoirs!
cette privation ne lui coûta rien, sa curiosité ne l'emporta pas sur sa pudeur....
Eugénie lui tint compagnie. Nous entrâmes
après quelques civilités de part et d'autres:
tels furent, mon cher Valcour, les termes
dans lesquels s'exprima notre aventurière.

HISTOIRE DE SOPHIE.

On me nomme Sophie, madame, dit
elle, en s'adressant à madame de Blamont,
mais je serais bien en peine de vous rendre
compte de ma naissance, je ne connais
que mon père, et j'ygnore les particularités
qui ont pu me donner le jour. Je fus élevée
dans le village de Berseuil, par la femme
d'un vigneron qui se nomme Isabeau, j'al-

lais la joindre quand vous m'avez trouvée ; elle m'a servi de nourrice, et m'a prévenue, dès que je pus entendre raison, qu'elle n'était point ma mère, et que je n'étais chez elle qu'en pension. Jusqu'à l'âge de treize ans, je n'ai eu d'autre visite que celle d'un monsieur qui venait de Paris, le même, à ce que dit Isabeau, qui m'avait apporté chez elle, et qu'elle m'assura secrètement être mon père. Rien de plus simple et de plus monotone que l'histoire de mes premiers ans, jusqu'à l'époque fatale où l'on m'arracha de l'asyle de l'innocence, pour me précipiter malgré moi, dans l'abyme de la débauche et du vice.

J'allais atteindre ma treizième année, lorsque l'homme dont je vous parle vint me trouver pour la dernière avec un de ses amis du même âge que lui, c'est-à-dire d'environ cinquante ans. Il firent retirer Isabeau et m'examinèrent tous deux avec la grande attention ; l'ami de celui que je devais prendre pour mon père fit beaucoup d'éloges de moi.... j'étais selon lui char-

mante, faite à peindre.... hélas! c'était la
première fois que je l'entendais dire, je
n'imaginais pas que ces dons de la nature
dussent devenir l'origine de ma perte....
qu'ils dussent être la cause de tous mes
malheurs! L'examen des deux amis était
entremêlé de légères caresses; quelquefois
même on s'en permettait où la décence
n'était rien moins que respectée.... ensuite
tous deux se parlaient bas..... je les vis
même rire.... eh quoi! la gaîté peut donc
naître où se médite le crime! l'ame peut
donc s'épanouir au milieu des complots
formés contre l'innocence. Tristes effets
de la corruption! que j'étais loin d'en au-
gurer les suites! Elles devaient être bien
amères pour moi. On fit revenir Isabeau....
Nous allons vous enlever votre jeune élève,
dit M. *Delcour*, (c'est le nom de celui
qu'on m'avait dit de regarder en père) elle
plaît à M. de *Mirville*, dit-il, et montrant
son ami, il va la conduire à sa femme qui
en prendra soin comme de sa fille... Isabeau
se mit à pleurer, et me jettant dans ses

bras, aussi chagrine qu'elle, nous mêlâmes
nos regrets et nos pleurs... Ah monsieur !
dit Isabeau en s'adressant à M. de Mirville,
c'est l'innocence et la candeur même, je ne
lui connais nul défaut.... je vous la recommande, monsieur, je serais au désespoir
s'il lui arrivait quelque malheur..... Des
malheurs ? intérompit Mirville, je ne vous
la prends que pour faire sa fortune. ISA-
BEAU.— Que le ciel au moins la préserve
de la faire au dépends de son honneur.
MIRVILLE. — Que de sagesse dans la bonne
nourrice ! On a bien raison de dire que la
vertu n'est plus qu'au village. ISABEAU à
M. Delcour. — Mais vous m'aviez dit ce me
semble, monsieur, à votre dernière visite
que vous la laisseriez au moins jusqu'à ce
qu'elle eût rempli ses premiers devoirs de
religion. M. DELCOUR. — De religion ?
ISABEAU. — Oui monsieur. M. DELCOUR.—
Eh bien ! est-ce que cela n'est pas fait ?
ISABEAU. — Non monsieur, elle n'est pas
encore assez instruite ; monsieur le curé
l'a remise à l'année prochaine. M. DE MIR-

VILLE. — Oh parbleu ! nous n'attendrons pourtant pas jusques-là ,, je l'ai promise pour 'demain à ma femme.... et je veux.... eh mais ! ne s'acquitte-t-on pas de *ces misères-la par-tout* ? M. DELCOUR. — Par-tout, et aussi-bien chez vous qu'ici. Ne croyez-vous donc pas, Isabeau, qu'il puisse être dans la capitale d'aussi bons directeurs de jeunes filles que dans votre village de Berseuil ?... Puis se tournant vers moi — Sophie, voudriez-vous mettre des entraves à votre fortune, quand il s'agit de la conclure... le plus petit retard. Hélas! monsieur, interrompis-je naïvement, dès que vous me parlez de fortune, j'aimerais mieux que vous fissiez celle d'Isabeau, et que vous me permissiez de ne la jamais quitter; et je me rejetais dans les bras de cette tendre mère.... et je l'inondais de mes pleurs.... Va, mon enfant, va, dit celle-ci, et me pressant sur son sein, je te remercie de ta bonne volonté, mais tu ne m'appartiens pas.... obéis à ceux de qui tu dépens, et que ton innocence ne t'abandonne jamais.

Si tu tombes dans la disgrace, Sophie, souviens-toi de ta bonne mère Isabeau, tu trouveras toujours un morceau de pain chez elle ; s'il te coûte quelque peine à gagner, au moins tu le mangeras pur.... il ne sera pas le prix de la honte.... il ne sera pas arrosé des larmes du regret et du désespoir.... Bonne femme, en voilà assez ce me semble, dit Delcour, en m'arrachant des bras de ma nourrice, cette scène de pleurs toute pathétique qu'elle puisse être, met du retard à nos désirs... partons... On m'enlève, on se précipite dans une berline qui fend l'air et nous rend à Paris le même soir.

Si j'avais eu un peu plus d'expérience, ce que je voyais, ce que j'entendais, ce que j'éprouvais, auraient dû me convaincre avant que d'arriver, que les devoirs que l'on me destinait étaient bien différens de ceux que je remplissais à Berseuil, qu'il entrait bien d'autres projets que ceux de servir une dame, dans la destination qui m'attendait, et qu'en un mot cette inno-

cence que me recommandait si fort ma
bonne nourrice était bien près d'être ou-
tragée. M. de Mirville, à côté duquel
j'étais dans la voiture, me mit bientôt à
point de ne pouvoir douter de ses horribles
intentions, l'obscurité favorisait ses entre-
prises, ma simplicité les encourageait,
M. Delcour s'en divertissait et l'indécence
était à son comble.... mes larmes coulèrent
alors avec profusion.... Peste soit de l'enfant, dit Mirville.... cela allait le mieux
du monde.... et je croyais qu'avant que
nous fusions arrivés.... mais je n'aime pas
à entendre brailler.... Eh! bon, bon, répondit Delcour, jamais guerrier s'effraya-
t-il du bruit de sa victoire?.... Quand nous
fûmes l'autre jour chercher ta fille, auprès
de Chartres, me vis-tu m'alarmer comme
toi? Il y eut pourtant comme ici une scène
de larmes.... et cependant, avant que d'être
à Paris, j'eus l'honneur d'être ton gendre...
Oh! mais vous gens de robe, dit M. de
Mirville, les plaintes vous excitent, vous
ressemblez aux chiens de chasse, vous ne
faites

faites jamais si bien la curée que quand vous avez forcé la bête. Jamais je ne vis d'âmes si dures que celles de ces suppôts de Bertole. Aussi n'est-ce pas pour rien qu'on vous accuse d'avaler le gibier tout cru pour avoir le plaisir de le sentir palpiter sous vos dents.... Il est vrai, dit Delcour, que les financiers sont soupçonnés d'un cœur bien plus sensible.... Par ma foi, dit Mirville, nous ne faisons mourir personne, si nous savons plumer la poule, au moins ne l'égorgeons-nous pas. Notre réputation est mieux établie que la vôtre, et il n'y a personne qui au fond, ne nous appelle de bonnes gens.... De pareilles platitudes, et d'autres propos que je ne compris point, parce que je ne les avais jamais entendus, mais qui me parurent encore plus affreux, et par les expressions qui les entrelaçaient et par l'indignité des actions dont Mirville les entrecoupait ; de telles horreurs dis-je, nous conduisirent à Paris, et nous arrivâmes.

La maison où nous descendîmes n'était

I.

pas tout-à-fait dans Paris, j'en ignorais la position, plus instruite maintenant, je puis vous dire qu'elle était située près de la barrière des Gobelins. Il était environ dix heures du soir quand on arrêta dans la cour ; nous descendîmes. — La voiture fut renvoyée et nous entrâmes dans une salle où le souper paraissait prêt à être servi ; une vieille femme, et une jeune fille de mon âge, étaient les seules personnes qui nous attendissent ; et ce fut avec elles que nous nous mîmes à table ; il me fut facile de voir pendant le souper que cette jeune fille nommée *Rose*, était à monsieur Delcour, ce qu'il me parut que monsieur de Mirville désirait que je lui fisse. Quand à la vieille, elle était destinée à être notre gouvernante, son emploi me fut expliqué tout de suite, et on m'apprit en même tems que cette maison était celle où je devais loger avec ma jeune compagne, qui n'était autre que cette fille de monsieur de Mirville, que monsieur Delcour et lui disaient avoir été dernièrement chercher près de Chartres. Ce qui prouve, madame, que ces deux messieurs s'étaient réciproquement donné leurs deux filles pour maîtresses, sans que l'une de ces deux malheureuses créatures, connût mieux que l'autre la seconde partie des liens qui les attachaient à ces deux pères.

Vous me permettrez de taire, madame, les indécens détails, et de ce souper, et de l'affreuse nuit qui le suivit; un autre sallon plus petit et plus artistement meublé, fût destiné à ces honteuses circonstances; Rose et monsieur Delcour y passèrent avec nous; celle-ci déjà au fait, n'opposa nuls refus, son exemple me fut proposé pour adoucir la rigueur des miens, et pour m'en faire sentir l'inutilite, on me fit craindre la force, si je m'avisais de les continuer.... que vous dirai-je, madame, je frémis.... je pleurai.... rien n'arrêta ces monstres et mon innocence fut flétrie.

Vers les trois heures du matin les deux amis se séparèrent, chacun passa dans son appartement pour y finir le reste de la nuit,

et nous suivîmes ceux qui nous étoient
destinés.

Là, monsieur de Mirville acheva de me
dévoiler mon sort ; « vous ne devez plus
douter, me dit-il durement que je vous ai
prise pour vous entretenir ; votre état
vient d'être éclairci de manière à ne plus
vous laisser de soupçon. — Ne vous atten-
dez pourtant pas à une fortune bien brillante ni à une vie très-dissipée ; le rang
que monsieur et moi tenons dans le monde,
nous oblige à des précautions, qui rendent
votre solitude un devoir. La vieille femme
que vous avez vue près de Rose, et qui
doit également prendre soin de vous, nous
répond de votre conduite à l'un et à l'autre
une incartade.... une évasion, serait sévè-
rement punie, je vous en préviens ; du
reste soyez avec moi, soumise, honnête,
prévenante et douce, et si la différence de
nos âges s'oppose à un sentiment de votre
part dont je suis médiocrement envieux,
que, pour prix du bien que je vous ferai,
je trouve du moins en vous toute l'obéis-

sance sur laquelle je devrais compter, si vous étiez ma femme légitime. Vous serez nourrie, vêtue, ect. et vous aurez cent francs par mois pour vos fantaisies ; cela est médiocre, je le sais ; mais à quoi vous servirait le surplus dans la retraite où je suis obligé de vous tenir, d'ailleurs j'ai d'autres arrangemens qui me ruinent. Vous n'êtes pas ma seule pensionnaire.... c'est ce qui fait que je ne pourrai vous voir que trois fois la semaine, vous serez tranquille le reste du tems ; vous vous distrairez ici avec Rose et la vieille Dubois, l'une et l'autre dans leur genre ont des qualités qui vous aideront à mener une vie douce, et sans vous en douter, ma mie, vous finirez par vous trouver heureuse ».

Cette belle harangue débitée, monsieur de Mirville se coucha, et m'ordonna de prendre ma place auprès de lui. — Je tire le rideau sur le reste, madame, en voilà assez pour vous faire voir quel était l'affreux sort qui m'était destiné ; j'étais d'autant plus malheureuse qu'il me devenait impossible de m'y soustraire, puisque le seul être qui eût de l'autorité sur moi..... mon père même me contraignait à m'y résoudre et me donnait l'exemple du désordre.

Les deux amis partirent à midi, je fis plus ample connaissance avec ma gardienne et ma compagne ; les circonstances de la vie de Rose ne différaient en rien de celles de la mienne, elle avait six mois plus que moi. Elle avait comme moi passé sa vie dans un village, élevée par sa nourrice, et n'était à Paris que depuis trois jours, mais la distance énorme du caractère de cette fille au mien, s'est toujours opposé à ce que je fisse aucune liaison avec elle ; étourdie, sans cœur, sans délicatesse, n'ayant aucune sorte de principes. La candeur et la modestie que j'avais reçues de la nature, s'arrangeaient mal avec tant d'indécence et de vivacité, j'étais obligée de vivre avec elle, les liens de l'infortune nous unirent ; mais jamais ceux de l'amitié.

Pour la Dubois, elle avait les vices de

son état et de son âge ; impérieuse, tra-
cassière, méchante, aimant beaucoup plus
ma compagne que moi ; il n'y avait rien
là, comme vous voyez, qui dût m'atta-
cher fort à elle, et le temps que j'ai été
dans cette maison, je l'ai presqu'entièrement passé dans ma chambre, livrée à
la lecture que j'aime beaucoup, et dont
j'ai pu faire aisément mon occupation,
moyennant l'ordre que M. de Mirville avait
donné de ne me jamais laisser manquer de
livres.

Rien de plus réglé que notre vie ; nous
nous promenions à volonté dans un fort
beau jardin, mais nous ne sortions jamais
de son enceinte ; trois fois de la semaine,
les deux amis qui ne paraissaient jamais
qu'alors, se réunissaient, soupaient avec
nous, se livraient à leurs plaisirs, l'un
devant l'autre, deux ou trois heures de
l'après-souper, et allaient de-là finir le
reste de la nuit chacun avec la sienne,
dans son appartement, qui devenait le nôtre
le reste du temps..... Quelle indécence ! in-

terrompit madame de Blamont... Eh quoi
les pères aux yeux de leurs filles ! Ma
chère amie, dit madame de Senneval,
n'approfondissons pas ce gouffre d'horreur,
cette infortunée nous apprendrait peut-être
des atrocités d'un bien autre genre. — Que
savez-vous s'il n'est pas essentiel que nous
les sachions, dit madame de Blamont...
Mademoiselle, continua en rougissant,
cette femme vraiment honnête et respectable, je ne sais comment vous exposer
ma question... mais n'est-il jamais arrivé
pis ? Et comme elle vit que Sophie ne
la comprenait point ; elle me chargea de
lui expliquer bas, ce qu'elle voulait dire.

Une sorte de jalousie, dominant l'un
et l'autre ami, est peut-être le seul frein
qui les ait contenu sur ce que vous voulez dire, madame, reprit Sophie, au moins
ne dois-je supposer que ce sentiment pour
cause d'une retenue.... Qui dans de telles
âmes n'eut sûrement jamais la vertu pour
principes. Il est mal de juger ainsi son
prochain sans preuves, je le sais, mais

tant d'autres *écarts....* tant d'autres *turpi-
tudes* ont si bien su me convaincre de la
dépravation de mœurs de ces deux amis,
que je ne dois assurément attribuer leur sagesse dans ce que vous voulez dire, qu'à un
sentiment plus impérieux que leur débauche; or, je n'en ai point vu qui l'em-
portât sur leur jalousie. — Elle est difficile
à entendre avec cette communauté de
plaisirs dont vous nous parlez, dit madame
de Senneval. Et sur-tout avec ces autres
pensionnaires dont monsieur de Mirville
convenait, ajouta madame de Blamont. —
Je l'avoue, mesdames, reprit Sophie, peut-
être est-ce ici un de ces cas où le choc
violent de deux passions, ne laisse triompher que la plus vive, mais ce qu'il y a
de bien sûr, c'est que le désir de conserver chacun leur bien, désir né de leur
jalousie trop reconnue pour en douter,
l'emporta toujours dans leur cœur, et les
empêcha d'exécuter.... des horreurs.... dont
ma compagne, je le sais, n'eut fait que
rire, et qui m'eussent paru plus afreuses

que la mort même. — Poursuivez, dit madame de Blamont, et ne trouvez pas mauvais que l'intérêt que vous m'avez inspiré, m'ait fait frémir pour vous.

Jusqu'à l'événement qui m'a valu votre protection, madame, continue Sophie, en s'adressant toujours à madame de Blamont, il me reste fort peu de choses à vous apprendre. Depuis que j'étais dans cette maison, mes appointemens m'étaient payés avec la plus grande exactitude, et n'ayant aucun motif de dépense, je les économisais dans la vue de trouver peut-être un jour l'occasion de les faire tenir à ma bonne Isabeau, dont le souvenir m'occupait sans cesse. J'osai communiquer cette intention à monsieur de Mirville, ne doutant point qu'il ne me procurât lui-même la manière d'exécuter l'action que je méditais..... Innocente! Où allais-je supposer la compassion? Habita-t-elle jamais dans le sein du vice et du libertinage! — Il vous faut oublier tous ces sentimens villageois, me répondit brutalement monsieur

de Mirville, cette femme a été beaucoup
trop payée des petits soins qu'elle a eus
de vous; vous ne lui devez plus rien. —
Et ma reconnaissance, monsieur, ce sentiment si doux à nourrir dans soi, si délicieux à faire éclater. — Bon, bon, chimère que toutes ces reconnaissances là.
Je n'ai jamais vu qu'on en retirât quelque chose, et je n'aime à nourrir que les
sentimens qui rapportent. Ne parlons plus
de cela, ou, puisque vous avez trop d'argent, je cesserai de vous en donner davantage. — Rejettée de l'un, je voulus
recourir à l'autre, et je parlai de mon
projet à monsieur Delcour. Il le désa-
prouve plus durement encore, il me dit
qu'à la place de monsieur de Mirville,
il ne me donnerait pas un sol, puisque
je ne songeais qu'à jetter mon argent par
la fenêtre; il me fallut renoncer à cette
bonne œuvre, faute de moyens pour l'accom-
plir.

Mais avant que d'en venir à ce qui donna
lieu à la malheureuse catastrophe de mon

histoire, il faut que vous sachiez, madame,
que les deux pères s'étaient plus d'une fois,
devant nous, cédé leur autorité sur leurs
filles, en se priant réciproquement de ne
les point ménager quand elles se donne-
raient des torts, et cela pour nous mieux
inspirer la retenue, la soumission et la
crainte dont ils voulaient nous composer
des chaînes ; or, je vous laisse à penser
si tous deux abusaient de cette autorité
respective ; monsieur de Mirville extraor-
dinairement brutal, me traitait sur-tout
avec une dureté inouie, au plus léger
caprice de son imagination ; et quoiqu'il
agit devant monsieur Delcour, celui-ci ne
prenait pas plus ma défense, que Mirville
ne prenait celle de sa fille, quand Delcour
la maltraitait de même, ce qui arrivait
tout aussi souvent. Cependant madame, il
faut vous l'avouer ; entièrement coupable,
entièrement complice du malheureux commerce où j'étais entraînée, la nature trahie
et mon devoir, et mes sentimens, et pour
me punir davantage, elle voulut faire éclore

dan

dans mon sein, un gage de mon déshonneur. Ce fut à-peu-près vers ce temps que
ma compagne impatientée de la vie qu'elle
menait, m'avoua qu'elle méditait une évasion. Je ne veux pas l'entreprendre seule,
me dit-elle un jour, j'ai trouvé des moyens
d'intéresser le fils du jardinier..... Il est
mon amant.... il m'offre de me rendre libre ;
tu es la maîtresse de partager notre sort....
peut-être vaudrait-il mieux pour toi d'attendre après tes couches.... je n'en agirai
pas moins pour ta délivrance, je te ménagerai un ami, il viendra te retirer d'ici,
et nous nous réunirons si tu le veux. Ce
dernier plan de liaison ne me convenait
guère, et si je désirais ma liberté, c'était
pour mener un genre de vie bien différent de celui qu'allait embrasser ma compagne. J'acceptai néanmoins ses offres,
je convins avec elle qu'il valait mieux que
je n'exécutasse cette fuite qu'après mes
couches, je la priai de ne pas m'oublier et de disposer tout pour ce moment.
Cependant, quelque pressée qu'elle fût

Tome I. Partie I. **K.**

elle-même, les préparatifs de son projet
exigeaient des retards et tout ne put être
arrangé qu'environ deux mois avant la fin de
mon terme. L'instant était venu, elle allait
s'évader, lorsqu'un jour, la veille de celui
qu'elle avait choisi pour son départ, et la
veille également de celui où j'ai eu le
bonheur de vous rencontrer, pendant qu'elle
montait dans sa chambre pour aller chercher quelque argent destiné au jardinier,
qui devait lui faire trouver un appartement
tout prêt; elle me pria de rester avec ce
jeune homme qui pressé de sortir, paraissait ne vouloir point s'arrêter, et de l'engager d'attendre une minute........ Fatale
époque de mon infortune! ou plutôt de
mon bonheur, puisque cette même circonstance fut celle qui m'enleva de ce
gouffre; mon sort voulut qu'il arriva pour
lors ce qui n'était jamais arrivé depuis trois
ans; M. de Mirville entra seul et se trouva
sur moi avant que j'eusse le temps de
repousser le jeune homme pour le soustraire à ses regards, il s'évada cependant

fort vîte, mais ce ne fut pas sans être
vu. Rien ne peut rendre l'accès de colère
dans lequel Mirville tomba sur-le-champ;
sa canne fut la première arme dont il se
servit, et sans égard pour ma situation,
sans approfondir si j'étais coupable ou non,
il m'accable d'outrages, me traîne au travers de la chambre par les cheveux, me
menace de fouler à ses pieds le fruit que
je porte dans mon sein, et qu'il ne voit
plus que comme un témoignage de sa honte.
J'allais enfin expirer sous les coups dont
je suis encore toute meurtrie, si la Dubois
n'était accourue et ne m'eut arrachée de
ses mains. Alors sa rage devint plus froide...
Je ne l'en punirai pas moins cruellement,
dit-il,..... qu'on ferme les portes..... que
personne n'entre, et que cette prostituée
monte à l'instant dans sa chambre.... Rose
qui avait tout entendu, fort contente d'é-
chappe, par cette méprise, à ce qu'elle
méritait seule, se gardait bien de dire un
mot, et la foudre n'éclata que sur moi...
Je fus bientôt suivi de mon tyran, ses

yeux étincellaient de mille sentimens divers,
parmi lesquels je crus en démêler de plus
terribles que ceux de la colère, et dont
les impressions, en disloquant les muscles
de son odieuse phisionomie, me le firent
paraître encore plus affreux... Oh! madame,
comment vous rendre les nouvelles infamies
dont je devins victime ! elles outragent
ensemble et la nature et la pudeur, je
ne pourrai jamais vous les peindre....... Il
m'ordonne de quitter mes vêtemens........
je me jette à ses pieds, je lui jure vingt
fois mon innocence, j'essaie de l'attendrir
par ce funeste fruit de son indigne amour;
l'infortuné, agitant mon sein de ses pal-
pitations, il semblait déjà se courber sur
les genoux de son pere... on eut dit qu'il
implorait ma grâce.... Mon état ne toucha
point Mirville, il y trouvait, prétendait-
il, une conviction de plus à l'infidélité
qu'il soupçonnait; tout ce que j'alléguais
n'était qu'imposture, il était sûr de son
fait, il avait vu, rien ne pouvait lui en
imposer....... je me mis donc dans l'état

*L'infortuné... il semblait déjà se courber
sur les genoux de son pere... on eut dit qu'il
implorait sa grace.*

qu'il désirait, dès que j'y fus, des liens
barbares lui répondirent de ma contenance...
Je fus traitée avec cette sorte d'igno-
minie scandaleuse, que le pédantisme se
permet sur l'enfance....... Mais avec une
cruauté,..... avec une rigueur,..... enfin,
je pâlis.... Je chancelai sous mes liens,...
mes yeux se fermèrent, j'ignore les suites
de sa barbarie.... Je ne retrouvai l'usage
de mes sens que dans les bras de la Dubois...
Mon bourreau arpentait la chambre à grands
pas, il diligentait les soins qu'on me donnait... non par pitié... le monstre... mais
pour être plus vîte débarrassé de moi,....
Allons, s'écria-t-il, est-elle prête, et me
voyant encore aussi nue qu'il m'avait mise,
rhabillez-la, rhabillez-la donc madame, et
qu'elle disparaisse.... Il me demande mes
clefs, reprend tout ce que je tiens de lui,
et me donnant deux écus ; — tenez, me
dit-il, voila plus qu'il n'en faut pour vous
conduire chez une de ces femmes publiques
dont la ville est remplie, et qui recevra,
sans doute, avec empressement, une créature

capable de la conduite que vous avez tenue
chez moi...... Oh ! monsieur, répondis-je
en larmes, ne pouvant tenir à ce dernier
avilissement, je n'ai jamais fait qu'une
faute, et c'est vous seul qui me l'avez
fait commettre. Jugez mon repentir par
mes malheurs, et ne m'outragez pas dans
l'infortune. A ces mots qui devaient l'attendrir, si l'ame des tyrans s'ouvrait à la pitié,
si le crime qui la corrompt, ne la fer-
mait pas toujours aux cris de l'innocence,
il me saisit par le bras, m'entraîne à l'extrémité de la maison, et me jette dans
une rue détournée qui aboutissait à l'une
des portes du jardin...... Que votre ame
sensible conçoive ma situation, madame,
seule à l'entrée de la nuit, près d'une
ville absolument inconnue de moi, dans
l'état où je me trouvais, ayant à peine
de quoi me conduire, déchirée, blessée
de toutes parts, n'ayant pas même la
ressource des larmes, hélas ! je n'en pouvais répandre.

Ne sachant où porter mes pas, je me

jettai sur le seuil de cette porte qu'on
venait de refermer sur moi.... Je m'y pré-
cipitai sur les traces mêmes de mon sang,
résolue d'y passer la nuit. — Le barbare,
me disais-je, il ne m'enviera pas l'air que
j'ai le malheur de respirer encore.... Il ne
m'ôtera pas l'abri des bêtes, et le ciel
qui prendra pitié de mes maux, m'y fera
peut-être mourir en paix. Un moment, je
me crus perdue, j'entendis passer près de
moi,.... était-ce lui qui me faisait chercher ? Voulait-il achever son crime, voulait-il m'enlever un reste de vie que je
détestais ? ou le remords enfin, dans son
ame de boue, y rappellait-il un instant
la pitié, quoiqu'il en fût, on me dépassa
fort vite; le jour vint, je me levai, et me
déterminai sur-le-champ à aller regagner
l'habitation de ma chère Isabeau, bien
sûre qu'elle ne me refuserait l'asile dont
elle m'avait toujours flattée..... Je partis
donc.... et j'en étais à mon quatrième jour
de marche, me traînant comme je pouvais, moulue de coups, palpitant de crainte,

fatiguée du fardeau de mon sein, n'osant
presque point prendre de nourriture, de
peur que le peu d'argent que j'avais ne me
conduisit point à Berceuil; je m'en croyois
près, lorsque je me suis perdue, et que
les douleurs m'ont arrêtées; c'est là où j'ai
eu le bonheur de rencontrer monsieur, dit
Sophie en me désignant, et quelqu'affreuse
que soit ma situation, poursuivit elle, en
fixant madame de Blamont, je la regarde
comme une grâce du ciel, puisqu'elle m'assure l'appui d'une dame, dont la pitié me
secoure, et dont les bontés me feront
retrouver celle que j'appelle ma mère. Je
suis jeune, j'ose ajouter que je suis sage,
si j'ai fait une faute, Dieu m'est témoin
que c'est malgré moi..... je la réparerai...
je la pleurerai toute ma vie..... j'aiderai
ma bonne Isabeau dans son ménage, et
si je n'ai pas une aisance semblable à celle
que m'avait procuré le crime, j'y trouverai
au moins de la tranquillité et n'y connaîtrai
pas le remord.

Ici, les larmes coulèrent des yeux de

toute l'assemblée; Sophie trop émue, pour contenir les siennes, nous supplia de la laisser seule un moment. Nous nous retirâmes pour aller renouveller nos conjectures, et comme le courrier part, je suis obligé, mon cher Valcour, de te laisser aux tiennes, en t'assurant que mon premier soin sera de t'achever le détail de ce que nous aurons pu découvrir sur cette malheureuse aventure.

LETTRE DIX-SEPTIÈME,

Le même au même.

Vertfeuil, ce 30 Août, au soir.

SOPHIE qui n'avait encore osé faire voir à sa garde, les sanglantes marques dont elle est couverte, s'y hazarda dès qu'elle nous en eut fait l'aveu, et dès le vingt-huit, comme elle avait passée une nuit cruelle, elle pria cette femme d'examiner ses contusions et de les lui soulager.

Celle-ci trouva tant de désordres et de meurtrissures si graves, qu'elle ne voulut rien prendre sur elle, et madame de Blamont consultée, envoya sur-le-champ chercher *Dominic* son chirurgien d'Orléans, que l'on n'introduisit près de la malade qu'après lui avoir fait jurer le secret. L'artiste fit son examen, et son rapport fut que la délivrance faite à sept mois, quoique l'enfant eut vu le jour, était bien sûrement une couche forcée, suite des accidens éprouvés par la malade; indépendamment d'un coup très-violent à travers les reins, il y en avait vingt-un autres tant sur les bras, les épaules, ou le reste du corps de cette malheureuse, dont chacun occasionnait une contusion qui demandait des pansemens subits. — Les effets du second accès de la colère réfléchie de *Mirville* avaient eu une prodigieuse extension, mais ce qui servait sa barbarie pour lors ayant sans doute une bien plus grande flexibilité, contusionnait infiniment moins, quoiqu'en flétrissant davantage, et les dangers de ce second traitement, bien qu'il eut été porté à l'extrême, n'étaient pas si dangereux que ceux de l'autre.

D'après cette exposition, *Dominic* ordonna une saignée du pied, le plus grand calme et quelques boissons. Il ne s'est retiré qu'au bout de vingt-quatre heures, après avoir vu le meilleur effet de ses premiers traitemens, il a laissé son ordonnance à la sage-femme et reviendra au commencement de la semaine, il espère, dit-il, beaucoup et de l'âge et du bon tempérament de la jeune personne. Il a jugé à propos que l'on la sépare de son enfant, ce qui a été fait d'autant plus heureusement que cette pauvre petite créature est morte très-peu après avoir quittée sa mère, et que cette perte, si elle l'avait su, l'aurait peut-être envoyée au tombeau ; on lui a caché cet événement ; quoiqu'un peu mieux aujourd'hui, elle n'est pourtant pas encore en

état de l'apprendre; telle est, mon ami,
l'histoire du vingt-huit.

Hier, vingt-neuf, madame de Blamont
me pria d'aller au village de Berceuil,
vérifier sur les lieux mêmes, les dépositions de Sophie, je m'y rendis à cheval
et muni d'une lettre de madame de Blamont, je descendis chez le curé. — C'est
un homme d'environ cinquante ans, dont
le maintien et l'honnêteté paraissent soutenir le caractère; il me reçut fort bien,
m'invita à dîner chez lui, et en attendant
l'heure du repas, me conduisit chez Isabeau,
parfaitement telle que nous l'avait dépeint
Sophie. Tous deux se rappellaient au mieux
cette jeune fille, le curé se ressouvenait
très-bien de lui avoir enseigné sa religion. —
Pour Isabeau, elle pleura d'abord de joie,
quand je lui en dit que son élève existait, l'aimait et demandait à la voir, et
bientôt après de chagrin, quand je lui
appris son état; j'insistai peu sur les détails,
madame de Blamont m'avait fait sentir la
necessité

nécessité de les déguiser, et j'étais pénétré comme elle, du besoin de ce mystère;
tout se borna, donc à constater que Sophie
n'en imposait pas, et à convenir avec ces
deux honnêtes gens qu'ils se rendraient
l'un et l'autre, à la prochaine invitation
que leur ferait la dame qui m'envoyait,
laquelle ne retardait le plaisir de les voir,
qu'en raison de la santé de Sophie, point
encore en état d'embrasser des personnes
si chères. — Je dînai chez le curé que
je trouvai là, comme dans nos opérations,
un homme de très-grand sens, l'événement
qui m'attirait chez lui fit tomber le discours sur la dépravation des mœurs, cause
unique, prétendait-il, de toutes les atrocités qui se commettent journellement.

« Oh ! monsieur, (me dit l'honnête ecclésiastique, avec cet enthousiasme chaleu-
reux de la vertu), je vois éclore à tout
instant un fratras d'écrits inintelligibles,
une foule de projets ineptes sur la men-
dicité, sur les moyens de l'extirper en
France, projets atroces, qui n'ont pour

L

malheureux principe, que le désespoir où
est le riche d'être obligé de contempler
l'infortune dans son semblable, que le
désespoir d'être contraint à donner quelques secours; — ne croyant son or fait,
que pour payer ses honteuses jouissances.
Il voudrait se soustraire à ces tristes obli-
gations, il voudrait éloigner de ses yeux
le spectacle attendrissant de la misère,
qui glace ses indignes plaisirs, qui lui
fait voir l'homme de trop près, qui le
ramenant aux accablantes idées du malheur, anéantit, malgré lui-même, l'intervalle immense que son orgueil ose mettre
entre l'homme et l'homme. — Voilà, monsieur, voilà les seules causes de tous ces
pitoyables écrits; n'en doutez pas, ils ne
sont dictés que par l'avarice, l'orgueil et
l'inhumanité..... On ne veut point voir de
pauvres en France, — eh bien! que l'on
s'occupe pour y réussir, du moyen de ré-
former les mœurs, et de préserver sur-
tout la jeunesse de leur perfide corruption;
que l'on réforme le luxe, — ce luxe per-

nicieux qui ruine et dérange le riche, sans
soulager le misérable, et qui plonge bientôt celui-ci dans l'abyme, par sa folle pré-
tention à atteindre ce qu'il ne peut approcher qu'en entraînant sa perte. Que vos
gens de lettres s'occupent de ces plans,
monsieur, qu'ils en offrent au gouvernement des projets rectifiés, et de la réussite
de ces premières opérations, naîtra bientôt
cette réforme de mendians tant désirée
dans votre capitale. Que ce luxe si dangereux n'attire plus à vos atteliers de coli-
fichets, ou derrière vos magnifiques voitures, le fils de ce bon laboureur qui,
abandonné de ses meilleurs enfans, va
bientôt mendier avec ce qui lui reste, à
la porte même de l'hôtel où son fils or-
gueilleux d'une jaquette chamarrée, ose
le regarder insolemment, sans daigner le
reconnaître ou le soulager. Diminuez les
impôts, honorez, encouragez l'agricul-
ture (1); préférez sur-tout l'honnête in-

_____

(1) « Le premier besoin est de vivre, l'art

dividu qui s'y livre, à cet impertinent *plu-
mitif* qui, masqué d'une jupe noire, a
quitté la charrue de son père, pour venir
s'engraisser dans la ville, des divisions
intestines du citoyen. — Classe abjecte,
venimeuse, aussi inutile que méprisable,
que de bonnes lois devraient ou retenir
dans ses foyers, ou enchaîner, dès qu'elle
en sort, à des travaux publics, dans lesquels, plus utiles au moins, ou qu'au parquet ou qu'au barreau, elle servirait la
patrie, au lieu de la détruire, au lieu de
la miner sourdement par ses prévarications,
ses rapines et ses excroqueries scandaleuses.
Vous ne voulez pas voir de mendians en
France, n'épuisez pas le malheureux cul-
tivateur par des taxes au-dessus de ses
forces, ne foulez pas vos fermiers, afin
d'être plus en état de broder vos habits

---

qui nourrit les hommes est le premier des
arts. »

БÉLISAIRE, cap. 12.

et de pomponner vos chevaux, et les mendians, malheureuse excrécence de tous ces
abus, ne fatigueront point vos regards ;
mais ne les bannissez pas, ne les molestez
pas par une pitié barbare et insultante,
ne les engouffrez pas comme des cadavres
dans ces sépulchres d'horreur et de fœ-
tidité ; songez qu'ils sont hommes comme
vous, que le même soleil les éclaire et
qu'ils ont droit au même pain.... Vous ne
voulez pas de mendians ! n'engloutissez
pas dans la capitale les ruisseaux d'or de
vos provinces, que la circulation soit libre,
et la dose du bonheur équitablement ré-
partie sur chaque citoyen, ne vous mon-
trera plus, l'un au pinacle et l'autre sous
les haillons de la misère ; et pourquoi faut-
il qu'il y ait une partie des hommes qui
régorge d'or, tandis que l'autre n'a pas
même l'usage de ses premiers besoins ,
pourquoi faut-il qu'il n'y ait que deux ou
trois belles villes en France, pendant que
l'infortune dépeuple ou dévaste les autres ?...
Vous ressemblez à ces enfans qui mettent

L 3

à un seul château toutes les cartes qu'on leur a données, qu'arrive-t-il? — l'édifice écroule, — voilà votre image. Votre Baby-lone moderne s'anéantira comme celle de Sémiramis, elle s'évanouira de dessus le globe de la terre, comme ont disparu ces villes florissantes de la Grèce, qui n'ont eu comme elle, que le luxe pour cause de leur dépérissement, et l'état énervé, pour embellir cette nouvelle Sodôme, s'en-gloutira comme elle, sous ses ruines do-rées. » (1)

J'aurais pu répondre au curé, car tu sais que je ne pense pas comme lui, sur ce luxe que tu blames aussi quelquefois avec tant de force; mais l'heure me pres-sait, je prévoyais l'inquiétude de nos dames, je me séparai donc promptement de ce bon

_____

(1) C'est ici comme dans bien d'autres passages, que nous supplions nos lecteurs de ne pas perdre de vue que cet ouvrage s'écri-vait un an avant la révolution.

prêtre, lui promettant de discuter plus à
l'aise une autre fois les matières qui venaient de nous occuper. Je lui fis promettre d'être exact à se rendre avec Isabeau, chez madame de Blamont, quand
une voiture viendrait les prendre, et je
revins.

Ce fut au retour de ce voyage que je
trouvai l'enfant de Sophie, mort, et la
mère un peu mieux, on ne vit point d'inconvéniens à ce que je lui donnasse des
nouvelles de sa bonne nourrice, elle m'en
remercia avec les expressions de la plus
tendre reconnoissance. En vérité, c'est un
caractère charmant que celui de cette jeune
personne, dès que le sort lui destinait le
malheureux état de fille entretenue, quel
dommage que cela ne soit pas tombé entre
les mains de quelque vieux garçon honnête
et rangé, dont elle aurait fait la félicité
par sa sagesse et par sa douceur; mais
il me paroît que les intentions de madame
de Blamont sont si avantageuses pour cette
pauvre fille, qu'elle n'aura vraisemblable-

ment pas à se repentir de son changement
d'état, puisqu'elle n'aurait pu suivre cet état
qu'aux dépens de son honneur et de sa
conscience, au lieu qu'elle pourra vivre
dans celui qu'on lui destine, en conser-
vant toute la pureté de son ame. Je n'eus
pas plutôt donné à notre malade des nouvelles de sa bonne Isabeau, qu'elle brûla
du désir de la voir, mais quand je lui
eus prouvé que sa santé exigeait qu'elle
se priva encore quelques jours de ce plaisir,
elle se rendit, et me chargea, les larmes
aux yeux, de témoigner à madame de
Blamont, jusqu'à quel point elle était sensible aux bontés qu'on avait pour elle.
Hélas! monsieur, me disait-elle, d'une
voix tendre et flatteuse, les effets de la
reconnoissance d'une infortunée comme moi,
sont d'un bien léger prix pour madame
de Blamont, mais mon cœur est si pur,
que ses vœux seront entendus de l'éternel,
et si je puis sauver ma vie, j'en emploierai
tous les instans à implorer le ciel pour
son bonheur et pour celui de tout ce qui

l'entoure; ensuite, elle arrosait mes mains
de ses larmes, elle me demandait mille
fois pardon de toutes les peines qu'on
daignait se donner pour une pauvre fille
qui ne les méritait pas. L'organe flatteur de
cette jeune fille, de très-beaux yeux bleus
remplis de sentiment, un air d'innocence,
de vérité, répandu dans toute sa physionomie, et qui place, pour-ainsi-dire, son
ame sur les traits de sa jolie figure......
Tout cela, mon ami, intéresse involon-
tairement pour elle; ses malheurs achèvent
d'attendrir et il devient réellement impossible de ne pas désirer qu'elle soit heureuse. Aline, à qui l'on a expliqué, des
aventures de Sophie, tout ce que permettait la décence, l'a pris dans une amitié
très-singulière; il faut l'arracher du chevet
de son lit, elle veut lui donner ses bouil-
lons, elle y voudrait coucher, si on la
laissait faire, mais une chose plus extraor-
dinaire, ô Valcour! c'est qu'il est impossible de ne pas observer entre ces deux
jeunes personnes, un air de famille; i

est frappant. — Eugénie et madame de
Senneval ont fait la même remarque; je
l'avais fait avant elle. — Madame de Blamont en avait été émue au premier coup
d'œil. — En te peignant les traits qui les
rapprochent, tu te figureras encore mieux
cette Sophie; d'abord, elles ont absolument le même son de voix; absolument
le même tour de visage, la même bouche,
positivement le même air dans leur ensemble; Sophie a comme ton Aline, ces
superbes cheveux châtains-clairs, tirant un
peu sur le blond; le même éclat dans la
peau, et toutes deux, enfin, paraissent
avoir le même fond de caractère. — Sophie
adore Aline, elle la conjure à tout moment de ne point prendre tant de soins
d'elle, et laisse voir en même temps tout
le chagrin qu'elle aurait, si celle-ci lui
accordait sa demande.

Ces différentes choses reconnues, il est
devenu très-probable entre madame de
Senneval, madame de Blamont et moi,
que les noms de *Mirville* et de *Delcour*

sont des noms supposés qui en cachent peut-être de bien plus intéressans pour madame de Blamont ; n'osant néanmoins hazarder encore que des conjectures..... Récapitulons ce qui les fonde.

L'éducation de Sophie dans un village si près d'une terre où monsieur de Blamont vient tous les ans voir sa femme.... Cette singulière ressemblance.... La liaison des deux amis si conforme à celles de messieurs de Blamont et d'Olbourg.... leur âge... leurs portraits faits par Sophie et par sa nourrice, et où tous les traits de nos originaux se retrouvent.... Leur état, l'un de robe, l'autre de finance. — Une légère objection se présente ici, je la sens.... M. Delcour a été plusieurs fois chez Isabeau, on n'a jamais dit qu'il y fut venu de Vertfeuil ; serait-il possible, si M. Delcour était le même que M. de Blamont, qu'il ne fût pas connu dans un village, si voisin d'une terre de sa femme ? mais cette objection s'évanouit à l'examen : d'abord en voyant arriver M. Delcour à Berceuil, on peut fort bien ignorer de quel endroit il doit venir ; il est possible d'ailleurs qu'il n'y soit jamais venu que de Paris. Secondement, on ne connait Monsieur et Madame de Blamont, à Berceuil, que de réputation ; on n'a pas la moindre idée de leur figure, ce peut donc être le même homme ; il y a donc à parier que c'est le même homme, et si la combinaison est juste tu vois quel est l'odieux caractère, quel est le scélérat qui ose s'offrir à ton Aline ! car, si *Delcour* est *Blamont*, n'en doutons point, *Mirville* n'est autre que *d'Olbourg*.

Dans cette circonstance épineuse madame de Blamont ne sait que décider.... Faire rendre, à Sophie, une plainte contre M. de Mirville, est la faire porter contre M. Delcour. Or, si les noms nous abusent tu vois qui elle compromet dans cette plainte ? cette idée l'arrête. — Cependant quelle arme elle laisse échapper, si elle ne saisit pas tout ceci, pour se débarrasser des poursuites d'un gendre, indigne d'elle assurément

ment, s'il est coupable de l'infamie que nous recherchons. — Trouvera-t-elle jamais une plus belle occasion ? N'aura-t-elle pas dans la supposition que les noms cachent ceux que nous soupçonnons, à se repentir toute sa vie de n'avoir pas profité de cet évènement pour arrêter les démarches d'un homme dont l'alliance la déshonorerait... Si elle manque ce que lui offre le hasard, et que M. de Blamont triomphe, qu'intéressant son autorité et les loix, il parvienne à mettre Aline dans les bras de d'Olbourg, madame de Blamont ne mourra-t-elle pas de chagrin d'avoir eu tout ce qu'il fallait pour arrêter cet affreux sacrifice, et de ne l'avoir pas fait ? Ces considérations, sur lesquelles je crus devoir fortement appuyer, la déterminèrent, enfin, à faire rendre une plainte à Orléans ; — mais une plainte secrète, dont elle pût être absolument la maîtresse ; le juge s'est en conséquence rendu ce matin, à l'invitation qui lui a été faite ; Sophie se trouvant un peu mieux, il a été introduit, et a reçu son exposition

M

du fait simple et pur. — « D'un outrage
» commis sur elle ; grosse par un monsieur
» de Mirville, financier à Paris, lequel
» était auteur de sa grossesse, et était
» venu la chercher au village de Berceuil,
» avec un de ses amis, il y a environ trois
» ans, pour l'entretenir sur le pied de sa
» maîtresse, ce qu'il a fait jusqu'au mo-
» ment où il l'a indignement traitée, quoi-
» qu'enceinte, et mis à la porte de sa
» maison ect. ect. ect. ».

Nous avons tous signés, elle comme
partie, nous comme témoins de son état,
Dominic signera à Orléans ; et la plainte
restera chez le magistrat, jusqu'à ce
qu'il plaise à madame de Blamont de la
réveiller.

Tout ceci se faisait à regret, et ne se
serait jamais fait sans moi ; mais je l'ai
cru de la plus extrême nécessité. L'excellent caractère de Sophie, se refusait à une
plainte. — Madame de Blamont tremblait
de compromettre le personnage quelle croit
envelopper, sous le nom de Delcour ; on

n'osait avouer au juge aucune de ces considérations; j'ai cru trouver le biais en ne nommant point monsieur Delcour, dans la plainte qui ne se trouve plus absolument portée que contre monsieur de Mirville.

Tu vois maintenant mon ami le motif qui a déterminé mes opérations, je n'ai eu que ton bonheur et ton intérêt en vue. — Si je me trompe redresse-moi; mais quel que puisse être l'excès de ta délicatesse, je doute pourtant qu'elle l'eût fait agir différemment, et j'ose croire que tu m'approuveras. Voici maintenant une autre idée, suite nécessaire de nos premières démarches, et qui peut-être s'accordera encore moins avec la droiture de ton ame; mais dont l'exécution pourtant me paraît indispensable.

Madame, ai-je dit à madame de Blamont, sitôt après le départ du magistrat, il me paraît que l'objet essentiel est de connaître maintenant le héros de notre aventure?

Madame de Blamont. — Où cette découverte nous mena-t-elle? — au même objet

M 2

qui m'a fait vous conseiller la plainte ; il
vous faut des armes, le hasard vous en
offre. — Mais si ces deux particuliers n'ont
rien de commun avec ceux qui nous intéressent ? — Vous saurez au moins à quoi vous
en tenir, et tout reste alors dans les téné-
bres. — Et si ce sont eux ? — Vous vous
retrouvez dans le même état... Vous êtes
toujours maîtresse de la plainte de Sophie.
Oh madame ! si Mirville est d'Olbourg,
irez-vous lui donner votre fille ? — Cette
idée me révolte, ne me l'offrez seulement
pas. — Et si vous ne vous éclaircissez point,
et que le scélérat soit d'Olbourg ; que votre
époux parvienne au but qu'il se propose,
prévoyez-vous les remords qui vous déchi-
reront ? — Je n'y survivrais pas. — Il faut
donc les éviter. — Déterville je me fie à
vous ; faites absolument tout ce que vous
croirez convenable, mais usez, je vous en
conjure, de la plus extrême modération.

L'objet, selon moi, était de se transporter sur les lieux mêmes ; de tâcher de
séduire la duègne Dubois, afin d'en tirer

mutuelle tendresse. — Eh bien ! ma chère enfant, lui a dit Isabeau, dès que l'état où elles se trouvaient, leur a permis de s'entendre. Ne t'avais-je pas dit que tu serais malheureuse, dès que tu cesserais d'être sage. *Sophie.* — Les cruels ! ils m'ont trompée ; pourquoi me livrâtes-vous à eux ? *Isabeau.* — Avais-je des droits sur toi ?.... Mais il n'y a donc pas de ta faute ? *Sophie* — Je n'ai été que malheureuse et séduite ; tout le crime est de leur côté. *Isabeau.* — Que ne revenais-tu dans ma maison, tu savais bien qu'elle était ouverte à l'innocence ? *Sophie.* — O ma bonne ! ma bonne ! aimez toujours votre Sophie; elle n'a jamais oublié vos conseils, ils ont toujours été gravés dans son cœur. *Isabeau.* — Cette pauvre enfant ! — puis se tournant vers moi, en larmes : oh monsieur ! ne vous étonnez pas si je l'aime — je la regarde comme ma fille, je n'ai point d'autre enfant qu'elle. Les scélérats, ils ne me l'enlevaient donc que pour la perdre ? .... Viens Sophie ! viens, — tu trouveras toujours le

bonheur et la tranquillité chez Isabeau,
parce que la vertu, la religion n'en sorti-
rent jamais. Et elles se sont rejetées dans
les bras l'une de l'autre, et leurs larmes ont
encore arrosé leurs seins.

Madame de Blamont craignant qu'un at-
tendrissement trop prolongé ne nuisît à sa
chère malade, a fait monter le curé; il
s'est approché du lit de Sophie, et l'a parfaitement reconnue. Celle-ci lui a demandé
sa bénédiction; elle lui a fait les excuses
les plus sincères de la mauvaise conduite
qu'elle a eue depuis qu'on l'avait enlevée.—
Une des choses qui lui avait toujours laissé
le plus de remords, a-t-elle dit, était
d'avoir été arrachée, d'auprès de son pasteur, sans avoir rempli les devoirs de sa
religion. On a pu négliger ces devoirs, a dit
ici le curé, avec la plus grande surprise?—
Ah! monsieur, a dit madame de Senneval, des libertins, au sein du vice, pen-
sent-ils encore à la religion? — Ce sera le
premier soin qu'elle remplira, dès que sa
santé va le lui permettre, a dit madame

de Blamont, souffrez en attendant, monsieur, que nous nous occupions des seconds;
puis s'asseyant en face du lit, et s'adressant à Isabeau et au curé, voici les intentions que cette femme adorable leur a
expliqué :

» Plusieurs raisons relatives à moi m'em-
» pêchent, a-t-elle dit, de garder cette jeune
» fille dans ma maison aussi long-tems que
» je le voudrais ; sitôt que sa santé sera
» rétablie je la renverrai chez vous, Isa-
» beau, et pour qu'elle ne vous soit point
» à charge » — elle à charge ! non, non,
mon enfant ne peut me gêner ; tout ce que
j'ai est à elle, et je vous déclare d'avance
que je n'accepte rien de ce que je vous vois
prête à m'offrir ; je lui dois des réparations
pour ne l'avoir pas sauvé du crime : laissez-
moi m'acquitter envers elle. — « Eh bien !
» Isabeau je vous l'accorde, mais vous ne
» me refuserez pas de pourvoir à son éta-
» blissement — puis s'adressant au curé,
et lui remettant des papiers : « voilà ci-
» joint, monsieur, lui a-t-elle dit, pour

» quarante mille francs de billets payables
» d'aujourd'hui en un an, mon intention
» est que cette somme serve de dot à Sophie;
» je vous prie, monsieur, de lui chercher
» pendant cet intervalle un époux digne
» d'elle, qui réunisse, à votre approba-
» tion, aux vertus qui doivent lui mériter
» une telle femme, le bonheur de lui être
» agréable ; car, je veux toujours l'aimer,
» je veux toujours lui tenir lieu de mère;
» s'il arrivait que le sujet choisi ne pût lui
» convenir, vous voudrez-bien jeter les
» yeux sur un autre. La clause la plus
» essentielle, aux nœuds que je projette
» pour cette chère enfant, est qu'elle
» aime son mari, et qu'elle en soit aimée;
» en voulant faire son bonheur je ne me
» pardonnerai pas de l'avoir livrée à un
» époux qui peut-être la mépriserait, pour
» une faute qui n'est pas la sienne ; il sera
» donc prévenu du malheur de la fille
» qu'on lui destine, vous lui ferez sentir
» à quel point elle en est innocente, et
» vous ne les réunirez qu'en cas où cette
fatalité

» fatalité n'inspirera aucun éloignement
» à l'époux. Comme il en coûterait à Isa-
» beau de se séparer d'un enfant qu'elle
» aime, vous mettrez pour clause au con-
» trat que les deux époux demeureront
» chez elle, » — et on y ajoutera, interrompit Isabeau pleine de joie, que tout
ce que je possède sera pour eux, madame,
continua-t-elle, je ne suis pas tout-à-
fait dépourvue ; j'ai un grand quartier
de terre, où les deux jeunes gens pourront trouver de quoi vivre, et avec ce
que vous avez la bonté de leur donner, ils
seront assurément très à l'aise : qu'ils
aient de la conduite et leurs enfans seront
riches — Pendant ce tems, Sophie san-
glottait, elle tenait une des mains de
madame de Blamont, l'arrosait des larmes
de sa reconnaissance, et les expressions
lui manquaient pour la peindre.

Le curé s'est chargé de tout ; il a pro-
digué ses loüanges à madame de Blamont,
qui lui a dit qu'elle ne concevait pas comment des actions si naturelles, et qui don-

Tome I. Partie I. N

naient autant de plaisir, pouvaient mériter des éloges.... Aline s'est précipitée dans les bras de sa mère et l'a accablée de caresses.... — Ce tableau de l'innocence malheureuse, de la reconnaissance la plus tendre, d'un côté, et de l'autre celui de la tendresse filiale, de la piété, de la vertu, jetaient dans l'ame des impressions si délicieuses, y faisaient éprouver des mouvemens si délicats et si doux. — O mon ami ! s'il est des joies célestes elles ne sont composées que de pareilles sensations !

On se sépare ; tant de vibrations diverses avaient affaibli l'ame de Sophie : la garde nous pria de la laisser seule, et l'on fut se mettre à table ; la bonne Isabeau voulait aller manger à l'office ; madame de Blamont et madame de Senneval la firent asseoir entr'elles deux ; elle y fut décente, honnête et polie, tant il est vrai que la vertu n'est jamais déplacée nulle part ; il n'est pas une seule table, mon ami, qu'une telle convive n'honor plus, que ne l'eût fait une de ces impudentes, connues sous le nom de *Petites Maîtresses*, qui au lieu de ces propos simples et pleins de candeur, de ces discours naïfs, image de la nature, n'eût apporté que ce jargon du crime qui la déshonore et l'outrage.

Après le dîner Isabeau a voulu embrasser encore une fois sa fille — elle lui a dit qu'elle allait lui préparer son logement, mais que, comme elle était à-présent plus grande, et d'ailleurs, ajoutait-elle en riant, une demoiselle à marier, elle voulait lui céder sa belle chambre. — A moi! ma bonne, à moi! je n'en veux point d'autres que celle que j'ai toujours eue; et je ne veux d'emploi chez vous, que celui que j'y remplissais. Si vous me ravissez ce bonheur, si vous ne me croyez plus digne de vous servir, vous me ferez croire que ce sont mes fautes qui m'ont fait démériter près de vous, et je ne m'en consolerai pas.

Il est certain que cette fille est charmante, elle a une sorte d'esprit naturel, qui prête un incroyable agrément à tout ce que sa belle ame lui inspire.

On a dressé un acte de ce qui s'était passé. Madame de Blamont voulait retenir ses hôtes ; mais le ménage de l'un, les soins religieux de l'autre, se sont opposés aux desseins qu'eux mêmes aurait eu de rester, et ils sont reparti dans la même voiture.

Eh bien Valcour ! lequel, à ton avis, doit jouir du calme le plus pur, — doit passer des nuits plus sereines, ou du scélérat qui a déshonoré, maltraité, cette pauvre fille, ou de l'être honnête et sensible qui se délecte à réparer, si généreusement, tous ses maux ? Qu'ils viennent ! qu'ils paraissent ces apôtres de l'indécence et du vice, qui légitiment toutes les erreurs, qui les trouvent toutes dans la nature, parce qu'ils la croyent aussi corrompue que leurs ames ? qui se trouvent mieux de mé-connaître les plus saints organes de cette loi sacrée, que d'être contraints à se mé-priser eux-mêmes ; qui préfèrent de ne

trouver du crime à rien, à être obligés
de frémir à l'aspect de ceux dont ils se
souillent ; qui n'achètent, en un mot,
leur ténébreuse tranquillité qu'en étouffant
tous leurs remords…… ; qu'ils viennent,
dis-je, qu'ils viennent, et qu'ils prononcent ? maîtres de se choisir un caractère,
qu'ils balancent, s'ils l'osent, entre celui
de la respectable protectrice de Sophie, et
celui de son persécuteur.

Les dépositions d'Isabeau ne nous ont
d'ailleurs appris rien de bien particulier ;
Sophie paraissait âgée de trois semaines
quand M. Delcourt arriva de Paris, l'ayant
dans une barcelonette sur le devant de sa
voiture ; il descendit à l'auberge de Bercueil, et demanda une nourrice, on lui
fit venir Isabeau ; il promit une pension
qui augmenterait avec l'âge de l'enfant ;
il convint qu'on lui apprendrait à lire, à
écrire, à coudre ; qu'elle n'aurait point
d'autre nom que celui de Sophie, et que
quand il n'apporterait pas lui-même l'argent de la pension, il le ferait tenir su-

rement. Il a été exact, Isabeau a toujours été régulièrement payée, soit par lui, soit indirectement. Il n'a fait, en tout, que quatre visites à Sophie, pendant les treize ans qu'elle a été en pension chez Isabeau; il arrivait toujours par la route de Paris, descendait à l'auberge, voyait l'enfant une heure ou deux, examinait ses petits talens et repartait. Mais, a dit Isabeau, ce fut de mon chef que je lui fis apprendre sa religion, et que je la mis à l'école chez M. le curé; car, il ne s'informait jamais de cet article, et quand je lui en parlais : *coudre, coudre et lire, madame, me répondait-il, voilà tout ce qu'il faut à une fille*; propos qui, à ce qu'ajouta plaisamment cette femme, lui fit croire que cet homme était *huguenot.*

Ensuite il la vint prendre avec son ami, et tu sais tout le reste. Nous attendons des nouvelles de nos négociations de Paris, et je ne t'écrirai plus que nous ne les ayons.

Fin de la première partie.

ALINE ET VALCOUR,

OU

LE ROMAN

PHILOSOPHIQUE.

TOME I

DEUXIÈME PARTIE

Quelles graces je rends à la fortune de
l'accident qui m'arrive

ALINE ET VALCOUR,

OU

LE ROMAN

PHILOSOPHIQUE.

à la Bastille un an avant la Révolution
de France.

ORNÉ DE SEIZE GRAVURES.

A PARIS,

Chez la veuve GIROUARD, Libraire,
Maison Égalité, Galerie de Bois, N°. 196.

1795.

Nam veluti pueris absinthia tetra meden
Cum dare conantur prius oras pocula circu
Contingunt mellis dulci flavoque liquore
Ut puerum ætas improvida ludificetur
Labrorum tenus ; interea perpolet amar
Absinthi laticem decepta que non capiat
Sed potius tali tacta recreata valescat;

Luc. lib. 4.

ALINE ET VALCOUR.

LETTRE XIX.

VALCOUR A DÉTERVILLE,

Paris, ce 8 septembre.

L'ÉVÉNEMENT singulier dont tu viens de me faire part, prenant, dans tes récits, la forme d'un journal, j'ai cru devoir le laisser finir, pour que ma lettre répondît à toutes les tiennes.

Oh mon ami ! quelle a été ma surprise, et quelles ont été mes combinaisons ! Il me paraît certain que les noms de *Delcour* et de *Mirville*, en déguisent pour nous de plus intéressans, et c'est dans cette supposition que je désapprouve la plainte. Madame de Blamont a affaire à un mari aussi adroit que corrompu ; si jamais il

Tome I. Partie II. O

découvre cette plainte, peut-être s'autorisera-t-il de la démarche, pour publier que sa femme veut le perdre, et qu'elle a controuvé toute l'histoire, afin de lui chercher des torts assez puissans pour le priver de l'autorité qu'il a sur sa fille ; et dès ce moment, au lieu de nous être donné des armes contre lui, nous lui en avons fourni contre nous. Cette plainte d'ailleurs ne servait en rien au dédommagement dû à Sophie ; la générosité de madame de Blamont y pourvoyait d'une manière assez noble ; d'après cela, tout air de procédure n'est-il pas déplacé, et ne peut-il pas devenir dangereux ? ignores-tu, mon ami, l'art avec lequel les scélérats dirigent sur les autres, ce qu'on a le dessein de faire contre eux ? et surtout ces espèces de coquins enjuponés, qui, munis, *pour leur argent,* d'une autorité *légale ou non,* ne se croyent jamais si bien en droit d'en user, que quand il s'agit de servir leurs passions.... Dieu veuille que je me trompe ! J'ai été bien touché de la conduite de madame de Blamont : toutes les vertus habitent dans le cœur de cette respectable mère, et sa plus douce façon de jouir est de rendre heureux tout ce qui l'entoure.

Je suis inquiet de la santé d'Aline, je te la recommande, mon ami, permets-moi de remettre un moment tous les soins de l'amour dans les tendres mains de l'amitié.

Pour éviter les rencontres et pour mieux suivre tes conseils, depuis huit jours, je ne sors plus ; j'observerai la même circonspection jusqu'au dénouement de tout ceci.... Mais quelle privation pour moi de ne pouvoir aller rendre hommage aux sublimes procédés de madame de Blamont, de ne pouvoir tomber à ses pieds avec Aline, de ne pouvoir l'accabler avec cette fille charmante de toutes les louanges qui lui sont si bien dues ; peins lui du moins les expressions de mon ame : je crains pour toutes deux les soins, les embarras de cet événement ; engage les à se reposer, au moins pendant le calme que tout ceci va

vous laisser, et n'allez plus si tard courir
les aventures. Peut-être n'en arriveraient-
ils pas à madame de Blamont d'aussi agréables que celle-ci, je dis *agréables* puisqu'elle
a développé pour elle une de ces occasions de faire du bien, toujours si recher-
chée de son cœur.

Oh mon ami ! où nous entraîne l'ivresse
des passions ; ah ! si lorsqu'on commence
à leur tout céder ; si, lorsqu'on fait le
premier pas dans leur dangereuse carrière,
on pouvait sentir avec quelle rapidité vont
se franchir les seconds, et quel abyme
est ouvert au dernier ! si l'on voyait l'im-
perceptible filiation de nos erreurs, comme
toutes s'enchaînent, comme toutes naissent
les unes des autres, comme la rupture du plus
petit frein, conduit bientôt au brisement
du plus sacré ! quel est l'homme qui ne
fremirait pas ? quel est celui qui oserait
se permettre le plus léger écart, quand il
peut naître de cette première faute une
habitude de tout vaincre, dont les dangers
sont aussi manifestes. Je voudrais que tout

les hommes, eussent chez eux, au lieu de
ces meubles de fantaisie, qui ne produi-
sent pas une seule idée, je voudrais, dis-
je, qu'ils eussent un espèce d'arbre en
relief, sur chaque branche duquel, serait
écrit le nom d'un vice, en observant de
commencer par le plus mince travers, et
arrivant ainsi par gradation jusqu'au crime
né de l'oubli de ses premiers devoirs : un
tel tableau *moral* n'aurait-il pas son utilité ?
et ne vaudrait-il pas bien un *Ténières*, ou
un *Rubens* ? Adieu, ne me fais pas attendre
la fin de cette aventure ; trop de sentimens
de mon ame y sont intéressés, pour que
je n'en désire pas le dénouement avec
ardeur.

LETTRE XX.

Valcour à Aline.

Paris, ce 8 septembre.

QUE j'aurais désiré encore un mot d'Aline, dans cette dernière lettre de mon ami ; s'il m'en coûte pour être séparé de vous dans tous les tems, combien cette absence ne devient-elle pas plus cruelle, quand elle me prive du spectacle de votre ame exerçant des vertus. Les procédés de votre adorable mère m'ont fait verser des larmes.... Ah ! combien sont douces celles que la pitié fait répandre. Je crains fort que cette petite malheureuse, au sort de laquelle il est impossible de ne pas s'intéresser, ne vous tienne par des liens plus étroits qu'on ne l'imagine ; votre tendresse en redoublera, je vous connais ; mais que ces soins ne prennent pas sur votre santé, je vous en conjure, Aline, songez que vous vous devez à l'amant le plus pas-

sionné, et qui regarde comme une faveur
les soins que vous accordés à votre conser-
vation ; ne me refusez pas au moins celle-
là, puisque celle de vous voir m'est enlevée... vous voir ! Aline..... Ah ! comme ce
désir est impérieux en moi, quand une
vertu de plus vient vous rendre encore plus
digne d'être révérée.... Elle vous aime cette
Sophie.... eh ! qui pourrait tenir à l'empire
universel que vous exercez sur les cœurs ?
Le besoin de vous adorer se fait sentir dès
qu'on vous voit, et il faut cesser d'être, ou
céder au culte qui vous est dû ; il n'y a
donc que moi qui suis privé de vous le
rendre... moi qui oserais m'en croire si
digne ! si l'encens s'appréciait à la délicatesse du cœur qui veut l'offrir. Il me semble
que je vois Aline.... ses belles joues
mouillées de larmes, aidant les pas e sad
mère effrayée, et tenant près de son sein
ce petit être, dont les cris déchirans pé-
nètrent son ame et l'attendrissent.... je la
suis près du lit de Sophie, jalouse des
soins que l'on a d'elle, désirant les lui

donner tous, parce qu'elle a souffert....
cette Sophie ; parce qu'elle est malheureuse, et que la bonne et tendre Aline ne
se satisfait réellement que par la bienfai-
sance...., et je ne l'adorerais pas !.... et,
je n'idolâtrerais pas cette fille céleste, mille
fois plus belle encore par ses vertus, que
par ses attraits.... Cette créature angélique
qu'il semble que le ciel n'ait créée que pour
être le charme de ses amis, le refuge de
l'infortune, et les délices de son amant !..
Ah ! toutes les expressions sont trop faibles,
aucunes ne rend ce que j'éprouve — effet
cruel, des passions trop violentes.... Nature
avare des dons que tu nous fais, pourquoi
faut-il qu'en nous inspirant un sentiment
aussi vif, tu nous prives de la faculté de
l'exprimer, et que tout ce que nous es-
sayons pour le peindre soit toujours au-
dessous de lui.

Si le nom de ces deux aventuriers nous
trompent.... si effectivement.... je frémis de
mes soupçons ! ils me révoltent, et je ne
puis les bannir.... Eh quoi ! ce serait là le

monstre qui oserait prétendre à mon Aline ?...
lui grand Dieu ?... il faudrait que je n'eûs
plus une goutte de sang dans les veines,
pour qu'une telle infamie se consommât !...
homme vil et barbare, comment as-tu pu
fixer mon ange, sans que ton cœur rede-
vint honnête ? comment le libertinage
souille-t-il un instant l'individu auquel il
a été permi de respirer l'air que mon
Aline épure ? Quoi tu l'as vue, et des
horreurs empoisonnent ton ame ?.... Tu oses
aspirer à elle, et tes mains se plongent
dans l'infamie ? Il est donc des êtres in-
sensibles sur qui l'amour et la vertu n'agis-
sent point.... Ah ! je croyais qu'auprès des
dieux le crime devenait impossible.

L'état de mon cœur ne se conçoit pas...
tour-à-tour livré à la crainte, aux soupçons; en proie à la plus amère douleur,
inquiété par tout ce qui arrive, déchiré
par votre absence.... il faut que je vous
quitte.... Je le sens ; mes pensées, mes
expressions, tout porterait l'empreinte de
ma douleur ; tout se ressentirait de mon

trouble, et je ne veux pas augmenter le vôtre.

L E T T R E   X X I.

Déterville à Valcour.

Vertfeuil, ce 10 septembre.

Sophie est tout-à-fait bien, elle s'est levée hier, et comme il faisait fort doux, elle a pris l'air un moment sur la terrasse; elle a choisi cet endroit parce qu'elle savait que la maîtresse du logis s'y trouvait, et qu'elle voulait que son premier devoir fut l'acte de sa reconnaissance; du plus loin qu'elle a vu ces dames, lisant sous un bosquet, elle s'est précipitée vers elles, et est venue tomber aux pieds de madame de Blamont, en arrosant de ses larmes les genoux de sa bienfaitrice, cherchant des mots, n'en trouvant point; et devenant

bien plus expressive par ce silence du sentiment, que par toutes les phrases de
l'esprit. Madame de Blamont l'a relevée,
l'a embrassée de tout son cœur, et l'a fait
asseoir auprès d'elle ; elle est faible, elle
est pâle, mais d'un bien puissant intérêt
dans cet abbattement — elle est plus jolie
que vous, a dit en riant madame de Blamont à sa fille.... Ah ! puisse-t-elle devenir
plus heureuse, a répondu Aline en l'embrassant. Elle a soupé ce soir avec nous,
et son maintien, son air, sa décence nous
ont enchanté tous. Mais comme j'ai des
choses d'un bien autre intérêt à te dire,
trouves bon que nous laissions un moment
Sophie, pour reprendre l'histoire de ses
persécuteurs.

Il était impossible de trouver un meilleur moment pour séduire la vieille Dubois,
et pour démêler, par elle, tout le nœud
de cette infâme intrigue... chassée, congédiée elle-même, le dépit, le besoin l'ont
jetée dans les lacs de *Saint-Paul*, et sous
le prétexte de la présenter, comme sa pa-

rente, dans une excellente maison, il l'a
très-facilement conduite à Vertfeuil ; elle
y est, mais sans avoir vu Sophie. Quant
aux ruses de notre homme, je t'en fais
grace, il suffit qu'elles ayent réussies ; ce
que leur succès a découvert me paraît plus
intéressant à t'apprendre.

A peine *Mirville* eut-il mis *Sophie* à la
porte, que Delcour arriva : c'était le jour
de leur souper ; le premier encore tout en
feu, apprit à son ami l'expédition qu'il
venait de faire, et comme leur dialogue est
assez curieux, je vais te le transcrire mot-
à-mot d'après les dépositions de la vieille,
qui n'en a pas perdu une syllabe :

Le président Delcour. — Ventrebleu,
mon ami, voilà une cause mal jugée,
vous avez oublié les droits que j'ai sur cette
p..., et vous ne deviez la punir que devant moi ; je vous aurais aidé de tout mon
cœur ; je suis inflexible sur les attentats du
crime, aucuns nœuds ne me retiennent en
pareil cas, et les droits de la nature de-

                                        viennent

viennent nuls , quand ceux des gens sont outragés. — Où est-elle ?

Le financier Mirville. — Mais pas très-loin je crois.... Si tu veux t'en donner le plaisir ?...

Delcour. — Assurément , que l'on coure après elle , et qu'on lui dise qu'il lui revient encore un supplément de correction , de la main paternelle.

O mon ami ! exista-t-il jamais des atrocités réfléchies , combinées , de la force de celles-ci ? La cuisinière sort , cherche de bonne-foi Sophie , et quoiqu'elle fût sur le seuil de la petite porte du jardin , heureusement elle ne la découvrit pas : telle fut la cause du bruit que cette malheureuse entendit au sein de sa douleur , et qui redoubla si bien son effroi ; n'ayant rien vu , on rentra , et l'on dit que sans doute la criminelle s'était évadée. Une réflexion subite vint aussi-tôt au président. Poursuivons notre manière de rendre leur énergique conversation.

P

Delcour. — Es-tu bien sûr, Mirville, que Sophie soit réellement coupable ?

Mirville. — Je l'ai trouvée avec le délinquant, c'était, ce me semble, plus qu'il en fallait pour légitimer sa sottise.

Delcour. — Les APPARENCES trompent si souvent, mon ami.... La main d'un juge dégoutte sans cesse du sang que lui font verser les APPARENCES. — Heureusement que nous sommes au-dessus de ces misères-là, et qu'un être de moins dans le monde n'est pas pour nous une affaire bien grande; d'ailleurs, ce que j'en dis n'est pas pour disculper Sophie ; mais parce que je serais fort aise d'avoir, comme toi, une coupable à punir. Examinons les faits et faisons paraître les témoins ; commençons par interroger la Dubois, je la crois complice. Y a-t-il là des pistolets ? *Mirville.* — Oui. *Delcour.* — Prends en un, et moi l'autre ; il s'agit D'EFFRAYER, il est inoui ce qu'on obtient en EFFRAYANT : je t'apprends là les secrets de l'école. *Mirville.* — Qui ne les sait pas ? Mais ces pistolets..., mon ami..., ils sont chargés. *Delcour.* — C'est ce qu'il

faut, et qu'importe une tête , dès qu'il
s'agit de se procurer, ce que nous appellons, des INDICES. Mille victime, mon ami,
pour découvrir un coupable — voilà l'esprit
de la loi. *Mirville.* — De la loi , soit , moi
je ne connais pas trop la loi , encore moins
la justice ; je me livre à mon cœur , et il
me trompe rarement. Tu vas voir si les
coups de bâton et d'étrivières , que j'ai
donné à ta fille, ne seront pas bien édue-
ment et bien légitimement appliqués. Au
reste, s'il en fallait revenir, comment faire
à présent ? ces choses-là ne se reprennent
point. Où la trouver, et comment réparer?..
Delcour. — Oh ! mais, je dis, dans ce cas
là , on ne répare point ; tu te modèleras sur
nous , personne N'OFFENSE comme les sa-
tellites de Thémis , et personne ne RÉPARE
aussi peu. Tu as mal pris le sens de mon
discours ; je vise moins à te faire faire une
bonne action, qu'à me procurer le plaisir
d'en faire une mauvaise. Ton exemple m'a
tenté...., et je ne connais rien de pis que
l'exemple : interrogeons, voilà l'objet.

Et la Dubois, qui aurait voulu être bien
loin, fut à l'instant mandée, introduite
dans un cabinet mistérieux, où l'on n'allait
jamais que pour les grandes aventures;
prodigieusement effrayée, comme tu crois,
de deux bouts de pistolets appuyés sur
chacunes de ses tempes, et d'une injonc-
tion de dire la vérité ou de s'attendre à
perdre la vie : elle a déclaré que Rose était
la seule coupable, et qu'elle n'avait jamais
connu un seul tort à Sophie. Morbleu!
s'écria Mirville, je crois que je sens des
remords. Eh bien! dit Delcour furieux,
tu les appaiseras en m'aidant à me venger;
commençons par décider du sort de cette
intrigante...., et la menaçant du pistolet....,
je ne sais qui me tient.... Celle-ci eut beau
protester de son innocence, les deux amis
lui déclarèrent qu'après une telle conduite,
ils ne pouvaient plus prendre en elle aucune
confiance, et qu'il fallait qu'elle décampât
dès le soir même...., et avant, comme tu
vois, de punir la coupable, comme le
châtiment sans doute n'était pas très-légal,

on a cherché à se débarrasser des témoins...
Circonstance malheureuse puisqu'elle nous
prive entièrement des suites de cette funeste aventure, et dérobe à nos yeux des
atrocités, dont la découverte nous fut devenue bien nécessaire un jour. La Dubois
rendit donc ses clefs, emporta ses hardes et
partit. Par le plus heureux des hasards elle
vint s'établir près la barrière, dans une
espèce de petite auberge où précisément
arriva notre Saint-Paul, deux ou trois jours
après. Il ne restait donc plus dans la maison que la délinquante et la cuisinière. —
Celle-ci interrogée par Saint-Paul, la veille
de son départ pour Vertfeuil, a dit que
dès que la Dubois fut partie, *Rose* fut ap-
pellée et descendit; qu'elle soupa fort
tranquillement avec les deux amis, et
qu'elle, son service fait, s'étant retirée,
comme à l'ordinaire, n'avait rien vu de
particulier; mais que le lendemain matin
voulant aller servir le déjeûner, selon son
usage, elle avait trouvé tout le monde
parti, sans qu'elle eût entendu rien de

P 3

plus étrange que les autres jours, et sans qu'elle eût trouvé de désordre dans aucun des appartemens. Moyennant quoi voilà le fil rompu, et tu vois qu'il nous devient maintenant impossible de savoir de quelle nature peut être la vengeance qu'ils ont tiré de Rose.

Le lendemain matin un laquais de Mirville est venu demander à la cuisinière, les robes et les effets de la jeune personne; mais sans pouvoir répondre à aucune des questions que la servante lui a fait; ensuite la maison a été fermée par l'homme de Mirville, qui a signifié à sa camarade de se tranquilliser, et qu'un voyage, que ces messieurs allaient faire à la campagne, interromprait leurs soupers au moins pour un mois.... Il ne nous est donc plus resté que des conjectures sur le sort de la malheureuse compagne de Sophie. L'imagination vive de madame de Blamont en a tout de suite forgé de sinistres. Celles de la Dubois, que j'adopte, comme plus naturelles, sont que le président a fait enfermer Rose ; ainsi qu'il l'en avait toujours menacée, s'il l'y contraignait par défaut de conduite. Voilà, mon ami, tout ce qu'il a été possible d'apprendre sur cette partie.... Venons au reste.

Plus de doute, mon cher Valcour, sur l'existence de nos deux inconnus ; la Dubois, trompée par Saint-Paul, ne sachant à qui elle parlait, a dit, à madame de Blamont : « Celui qui se fait appeller *Delcour*, ma- » dame, est le président de Blamont, qui » a une des femmes les plus aimables de » Paris ; l'autre est un monsieur *d'Olbourg*, » financier riche à million, son ami depuis » trente ans, et auquel il va donner sa fille » en mariage » : ces messieurs ont d'abord vécu, a continué notre duègne, avec deux courtisannes fameuses, dont madame a pu entendre parler : les Valville ?.... Oui madame, deux sœurs, l'un avoit l'aînée, l'autre la cadette ; ils ont eu presque en même-tems, chacun une fille de leur maî- tresse ; mais celle de monsieur Blamont mourut au bout de huit jours ; le président

cacha cette mort à son ami, et lui montra
une autre petite fille du même âge que celle
qu'il venait de perdre, qu'il conduisit au
village de Berceuil, où il l'a fit élever. —
Quoi! interrompit madame de Blamont,
très-troublée, cet enfant de Berceuil ne
serait pas celui de la Valville? — Non madame, reprit la Dubois, l'enfant de la
Valville est bien sûrement mort, et celui
qui fut mené à Berceuil est un enfant légitime, que monsieur le président avait
eu de sa femme, et qu'on nourrissait au
Pré - Saint - Gervais; en le retirant de ce
village lui-même; il donna cinquante louis
à la nourrice, afin de répandre la mort de
cette petite fille, qu'il voulait, disait-il,
par des raisons secrètes, soustraire aux
yeux de sa mère, et on eut l'air d'enterrer
un enfant dans la paroisse du Pré-Saint-
Gervais. — Juste ciel! s'écria madame de
Blamont, qui ne pouvait plus se contenir,
j'ai effectivement perdue une fille dans ce
tems-là, nourrie au même lieu que vous
dites..... se pourrait-il? Sophie!..... mon

cher Déterville..... quelle multitude de
crime !.. et quel peut en être l'objet ?....
Ici la Dubois reconnaissant chez qui elle
était, s'est précipitée aux genoux de madame de Blamont, en la conjurant de ne
la point perdre.... Rassurez-vous, lui a dit
cette malheureuse épouse.... vous êtes en
sûreté ; mais ne me cachez rien ; je ne vous
abandonnerai jamais, et alors cette femme
poursuivit, et ses réponses nous ont appris
que les deux amis, au moment de la naissance des filles, qu'ils avaient eu de leurs
maîtresses, s'étaient promis de faire servir
ces enfans à remplacer leurs anciennes
sultanes, et de se les prostituer réciproquement, dès qu'elles auraient atteint
l'âge nubile ; mais que le président voyant
ses droits perdus sur la petite fille de d'Olbourg, par la mort de la sienne, avait
résolu de taire cette mort, et de remplacer
la petite bâtarde par une fille légitime ;
puisqu'il était assez heureux pour en avoir
une dans ce moment. Telle était l'histoire
de Sophie ; telle était ce qui légitimait son

étonnante ressemblance avec Aline ; ainsi
tu vois que le peu délicat d'Olbourg, au
moyen des machinations diaboliques du
président, aura eu, si tout réussi, l'une
des filles de madame de Blamont pour
maîtresse, et l'autre pour femme ; tu
peux reconnaître ici de plus, l'ame tendre
et délicate du cher président, qui bien
que persuadé que Sophie est sa fille légitime, rit et s'amuse pourtant de sa perte,
des mauvais traitemens qu'elle a reçus, et
s'offre même, avec une atroce barbarie,
à lui en faire éprouver de nouveaux : s'il
est des traits dans le monde qui développe
mieux un caractère abominable ;... si tu en
sais, je te prie de me les dire ; afin que
je les réserve pour en colorer le premier
scélérat que je voudrais peindre.... Telle
est cependant la conduite de ceux qui nous
doivent l'exemple des mœurs, de ceux
qui déshonorent, emprisonnent, rouent,
torturent des malheureux... coupables de
quelques faiblesses, sans doute, mais dont
les vies de dix d'entr'eux n'offriraient pas

de elles recherches dans le crime et dans l'infamie !

La Dubois a ajouté que ses deux maîtres ont une autre maison de plaisir, à peu-près pareille à celle des Gobelins, du côté de Montmartre, où ils se réunissent pour trois dîners par semaine, comme à l'autre pour trois soupers; n'ayant pas été introduite dans ce second bercail, elle n'est pas très au fait des orgies qui s'y célèbrent; mais elle sait en gros que tout y est, et plus indécent, et plus multiplié qu'où elle demeurait. Ils ont là, dit-elle, un sérail composé de douze petites filles, dont la plus âgée n'a pas quinze ans, et que l'on renouvelle à raison d'une, tous les mois. Les sommes qu'ils dépensent à cela, dit la vieille, sont énormes, et quelques riches qu'ils puissent être, elle ne conçoit pas que leur fortune n'y soit déjà pas épuisée.

Je te laisse à penser quel est l'état de madame de Blamont, cependant il fallait prendre un parti, relativement à cette femme; elle ne pouvait ni la garder ni la

faire voir à Sophie ; elle lui a proposé de
chercher une maison à Orléans , de la dé-
frayer de tout , jusqu'à ce qu'elle l'eût trouvée , avec une gratification de vingt-cinq
louis , payable sur-le champ. La Dubois
enchantée a comblé madame de Blamont
de remercîmens. Saint-Paul est parti dès
le même soir pour la conduire à Orléans ,
où elle a été placée peu après.

Tu conçois aisément, mon cher Valcour,
sur quel être se sont aussi-tôt tournés les
premiers transports de madame de Blamont?
elle pouvait à peine terminer ce qui regar-
dait la Dubois ; elle brûlait d'être auprès
de Sophie.... O toi ! dont la mort m'avait
coûté tant de larmes , s'est-elle écriée, en
se précipitant dans les bras de cette intéressante créature.... Tu m'es rendue ! ma
chère fille..., et dans quel état, grand
Dieu ! — Vous ma mère !..... Oh madame !
est-il vrai ?.. — Aline , partage ma joie....
embrasse ta sœur..., le ciel me la rend...;
elle me fut enlevée au berceau..., et par
qui? rien ne peut exprimer ce que j'éprouve.

Mon

— Mon ami, je ne te peindrai point sa situation....; elle était du plus vif intérêt, madame de Senneval, Eugénie et moi, nous mêlâmes nos larmes à celle de cette charmante famille, et le reste de la journée fut consacré à jouir d'un événement si peu attendu, et qui présentait tant de charmes à une mère aussi tendre.

Je ne tardai pas à faire observer, à madame de Blamont, toutes les armes qu'un pareil événement nous fournissait contre les prétentions odieuses et illégitimes du président; elle le sentit, mais elle vit en même-tems que nos démarches exigeaient du mistère et les ménagemens les plus délicats.... Qui pouvait empêcher monsieur de Blamont de traiter tout ceci de chimère ? Était-il supposable qu'il reconnaîtrait Sophie pour enfant légitime ? probable même qu'il eût seulement l'air de la connaître ? et quelles preuves, madame de Blamont se trouvaient-elles alors, pour le convaincre ? La mort de sa petite fille, baptisée sous le nom de *Claire*, était constatée.

Monsieur de Blamont s'était muni d'une
belle et bonne attestation du curé, et il
y avait eu un service de fait au prétendu
enfant mort ; la nourrice qui s'était prêtée
à tout, avait placé vraisemblablement une
buche dans la bierre, enterrée au lieu de
l'enfant ; pendant que *Claire*, sous le nom
de *Sophie*, était transportée chez Isabeau
par le président même..., et d'ailleurs trou-
veraient-on la nourrice du Pré-Saint-Gervais ? à supposer qu'on la retrouva, avoue-
rait-elle son crime ? tout cela multipliait
les difficultés, faisait chanceler les droits
de madame de Blamont ; car, si elle n'avait
pas dans *Claire*, (existante sous le nom de
Sophie, que nous continuerons de lui
donner) une arme puissante contre son
époux ; celui-ci retournant aussi-tôt les
choses, s'en trouvait une très forte contre
sa femme ; dès ce moment Sophie ne devenait plus qu'une malheureuse bâtarde,
dont il avait eu tous les soins qu'il devait
avoir, et que madame de Blamont avait
séduite, entraînée chez elle, pour se

donner un prétexte à chercher des torts à
son mari, à lui ôter le droit qu'il préten-
dait, avec raison, avoir sur Aline, et
dont il voulait user pour la donner à son
ami; ce qui n'était plus *pour* madame de
Blamont, devenait donc *contre* à l'instant.
Toutes ces considérations la frappèrent;
sa première pensée fut de nous en tenir
aux arrangemens pris avec Isabeau, imaginant que cette pauvre petite malheureuse
serait moins à plaindre inconnue, que
chez elle.

Mais je m'opposai à cette manière d'en-
visager les choses, et je fis observer, à
madame de Blamont, que, si le président
avait envie de faire des recherches sur
Sophie, il commencerait assurément par le
village de Berceuil, et que d'ailleurs l'iso-
lant dans ce bourg obscur, et dans un état
si au-dessous d'elle, il lui devenait presqu'impossible de s'en servir alors décemment et utilement pour repousser les in-
signes prétentions de d'Olbourg. Nous
convinmes donc que le meilleur parti était

Q 2

de la garder; de prendre les plus sûres
informations sur l'ancienne nourrice de
Sophie, et de forcer cette créature à
avouer son crime. Cela n'était ni sûr ni
aisé, j'en conviens, mais c'était néanmoins le seul expédient qui convînt aux
circonstances.... D'après cela c'est toi que
nous chargeons de cette importante recherche; ne néglige rien de tout ce qui peut
te la faire faire avec autant de célérité que
d'exactitude. — L'ancienne nourrice de
Claire demeurait au Pré-Saint-Gervais, le
village n'est pas grand, les recherches y
seront aisées; ce fut là où Sophie passa
les trois premières semaines de sa vie,
chez une paysanne nommée *Claudine Dupuis*,
et c'est dans cette paroisse que le service
se fit; c'est de ce village que le président
sortit de nuit, le 16 août 1762, ayant la
petite fille dans une barcelonette verte sur
le devant, d'un vis-à-vis gris, sans laquais,
Voilà tout ce qu'il faut, mon cher Valcour, pour diriger tes informations; agis
sur-le-champ, abstraction faite de toute

réflexions de ta part. Songe que tu ne travailles point ici contre d'Olbourg ni contre Blamont, mais uniquement en faveur d'une mère désolée qui t'adore, et qui n'a que toi à qui elle puisse confier de tels soins ; nulle sorte de délicatesse ne saurait donc t'arrêter ici ; si tu trouves la femme, dont il s'agit, notre avis est que tu emploies les voies de la plus grande douceur, pour lui faire avouer ce qu'elle a fait, et que tu tâches de la faire convenir de tout, devant quelques témoins. Si elle refuse d'avouer, il faudra l'assigner alors en justice ; car, toute considération doit céder à l'importance de constater la légitimité de Sophie ; il n'est aucune voie qu'il ne faille employer pour y réussir, puisque c'est de cette légitimité reconnue que nous attendons tout, et que c'est en prouvant cette légitimité d'une part, et de l'autre le commerce de d'Olbourg avec cette fille, que nous détruisons tous les projets qu'il a de te nuire. Adieu, presse tes opérations, instruis nous, et

Q 3

compte toujours sur l'exactitude de nos
soins.

LETTRE XXII.

Aline à Valcour.

Vertfeuil, ce 15 septembre.

JE ne vous écris qu'un mot, et Dieu sait
dans quelle agitation ! hier au soir tout
était calme...., nous attendions de vos nouvelles, Sophie allait de mieux en mieux ;
j'étais entre la meilleure des mères, et
cette chère et infortunée sœur que j'aime
avec passion ; je les carressais toutes deux.
— Cette pauvre Sophie, si consolée de
tous ses maux, si heureuse de sa nouvelle
situation mêlait ses larmes aux nôtres ;
Eugénie, Déterville et madame de Senneval lisaient à l'autre bout du sallon,
laissant tomber de tems en tems des regards

attendris sur le tableau que nous leur of-
frions : tout-à-coup madame de Senneval,
près d'une croisée donnant sur la cour,
quitte son livre et dit effrayée : *j'entends une
voiture* ; nous prêtons l'oreille, elle ne se
trompait pas.... Ma mère vole cacher Sophie
dans le cabinet d'une de ses femmes ; à
peine est-elle redescendue, qu'une chaise
en poste entre effectivement ; on apporte
des flambeaux..., mon ami c'était.... mon
père....; c'était le cruel d'Olbourg....; ma
main tremble en traçant ces noms.....ils
arrivent malgré leur promesse.... quelle en
est la cause ? savent-ils que nous avons
Sophie ? que veulent-ils ?.... qu'exigent-ils ?
Tout mon sang se trouble.... Je n'ai que la
force de vous embrasser, et de donner
vîte mon billet à Déterville, qui se charge
de vous le faire tenir.

Postcriptum de Déterville.

Je le cachette en diligence parce que
les postillons, qui ont amené ces cruels

gens, vont se charger de le faire passer
de main en main, ce qui te le fera recevoir trois jours plutôt ; ne crains rien,
agis ; je les aime mieux ici qu'à Paris,
pendant tes opérations : les visages ne
sont point austères, et je n'apperçois jusqu'à présent que de l'honnêteté et de la
décence. Madame de Blamont est dans un
état affreux....; elle s'excuse sur une mi-
graine. Madame de Senneval, Eugénie et
moi parons à tout, et faisons les frais de
tout. — Je vais reprendre le journal, tu
seras instruis de ce qui va se passer, minute par minute.

Juste ciel ! si les hommes, en entrant
dans la vie, savaient les peines qui les
attendent ; qu'il ne dépendît que d'eux de
rentrer dans le néant, en serait-il un seul
qui voulût remplir la carrière !

LETTRE XXIII.

Déterville à Valcour.

Vertfeuil, ce 20 septembre.

O Valcour ! y a-t-il un degré où le vice confondu s'arrête ? existe-t-il un moyen de deviner dans les yeux de l'homme corrompu si ce qu'il dit, si ce qu'il fait émane véritablement de son cœur, ou si ses actions, si ses discours ne viennent que de sa fausseté ? Quels procédés peuvent, en un mot, nous donner la clef de l'ame d'un scélérat, et comment, avec l'habitude où il est de feindre, peut-on distinguer quand il en impose ou non ? T'assurer quelque chose de certain sur les suites de ce que j'ai à t'apprendre, jusqu'à la solution de ce problême, est une chose véritablement impossible ; je dirai donc et tu combineras.

Le 14, au soir, nos voyageurs fatigués s'en tinrent à quelques politesses vagues,

des nouvelles, un excellent souper, et des
lits. De notre part, le billet que nous
t'écrivîmes, des craintes, et point de som.
meil.... La vertu se tourmente et s'agite où
le vice repose en sûreté.

Le 15, au matin, le président mena
son ami chez Aline, elle s'était levée de
très-bonne heure pour venir glisser sous
ma porte, ainsi que nous en étions convenu la veille, le billet où j'écrivis un
mot; mais elle s'était recouchée. Extrêmement surprise d'une visite si matinale,
elle répondit à son père, (qui s'informait
s'il était jour) qu'elle était désespérée de
ne pouvoir lui ouvrir; qu'elle allait sonner,
mais qu'on n'était pas encore entré chez
elle. Le président, peu scrupuleux, in-
sista.... : quand il s'agit de recevoir un
père et un époux, dit-il à travers la porte,
on ne doit pas y regarder de si près : ou-
vrez Aline, et n'ayez nulle crainte. — En
vérité je ne le puis, je suis au lit, — qu'importe, il faut ouvrir, ma fille, ou je me
fâcherai. — Mais la prudente Aline ne put

entendre cette dernière phrase ; enveloppée
d'un manteau de lit, elle s'était lestement
évadée par le petit escalier qui communi-
que de sa chambre au cabinet de madame
de Blamont, et elle était déjà toute al-
larmée sur le pied du lit de sa mère,
quand le président peu accoutumé à de la
résistance, lorsqu'il annonçait des désirs
déclarait que si on ne lui ouvrait pas à
l'instant, il fallait enfoncer la porte.... ; il
s'y déterminait, quand une femme de
chambre, promptement envoyée vers lui,
proposa de passer dans l'appartement de
madame, où le déjeûner allait être servi.

J'ai malheureusement deux libertins à
représenter ; il faut donc que tu t'attendes
à des détails obscènes, et que tu me par-
donnes de les tracer. J'ignore l'art de
peindre sans couleur ; quand le vice est
sous mon pinceau, je l'esquisse avec
toutes ces teintes, tant mieux si elles révoltent ; les offrir sous de jolis dessins,
est le moyen de le faire aimer, et ce projet
est loin de ma tête.

L'ambassadrice était jolie, bien blanche, des yeux très-vifs, nouvelle dans la maison, et envoyée là parce que ce fut la première qui se présenta. Le président la saisit par la main, et comme la porte de la chambre qu'il venait d'occuper se trouvait ouverte et peu éloignée, il y pousse cette fille, suivi de d'Olbourg, et se prépare à s'y enfermer; quand la fringante soubrette, devinant le motif, se dégage, s'esquive et revient trouver sa maîtresse; elle fut bientôt suivie de ses deux assaillants; ils avaient cru sage de paraître aussi tôt, afin que les sujets de plainte, de celle qui leur échappait, ne passassent plus que pour des plaisanteries.

Les ennemis débusqués, Aline était remontée dans sa chambre; moyennant quoi ces messieurs ne trouvèrent que la présidente. — Vos femmes sont des Lucrèces, madame, dit Blamont en entrant; en vérité ce sont des vertus romaines, j'imaginais.... Vous savez que je me gêne peu sur ces fadaises-là; quand, à tous les risques

de

de l'ennui de la campagne, on hasarde de
sortir un ami de la ville, il faut bien le
dissiper.... Depuis quand avez vous cette
fière vestale ?... (et elle était là) — Elle
est bien.... quel âge avez vous mademoiselle ? — Dix-neuf ans monsieur. — Pas mal
en vérité ; j'aime ses yeux, ils disent toutes
sortes de choses, — et madame de Blamont
confuse. — Sortez, sortez Augustine, ne
voyez-vous pas bien que monsieur se mo-
que de vous. — Mais madame, vous êtes
d'une rigueur.... il semblerait que ce fut
un crime, que l'hommage rendu à la beauté.
— Ce n'est pas être difficile.... Eh bien !
vous ne vous asseyez pas ?... ma fille vas
descendre.... vous l'avez réveillée.... vous
lui avez fait une peur !.. elle était accourue
vers moi.... J'ai ri de ses craintes et l'ai
renvoyée s'habiller, — s'habiller ?... quelle
extravagance : est-ce qu'on s'habille pour un
père ?.... est-ce qu'on se gêne à la campagne ? — L'honnêteté est de mode par tout.
— Madame a raison, dit d'Olbourg.... pardon madame ; mais si j'en croyais mon-

R

sieur votre mari, il me ferait souvent
faire des choses. — Oh! pour le coup je
m'asseois, a dit alors le président, en se
laissant tomber dans un fauteuil.... oui,
je m'asseois, d'Olbourg va prêcher, et il
a long-tems que je suis curieux du ser-
mon d'un fermier-général... allons poursuis
d'Olbourg, — j'écoute, analyse nous un
peu, je t'en prie, les vertus civiles, les
vertus morales.... oui, qu'il y ait bien de
la vertu dans ton discours ; c'est étonnant
comme j'aime la vertu ! — Préférez vous de
déjeûner ici ou de passer dans le sallon,
a interrompu la présidente ? — Mais nous
irons où vous voudrez.... où est ma fille ?
— Elle achève de se vêtir, et se rendra où
l'on lui dira que nous sommes. — Dites lui
je vous prie que quand je vais la voir le
matin, avec mon ami, je ne veux pas
qu'elle joue la prude... — Mais il est des
choses de décence.... — Décence.... voilà
toujours votre mot à vous autres femmes !
il y a long-tems que je cherche à pénétrer
la vraie signification de ce mot barbare,

sans y avoir encore réussi ; je l'avoue, selon vous madame, les sauvages doivent êt e bien indécens ; car, ils vont tous nuds, et vous pouvez être sûre que chez les Californiens, ou chez les Ostiages, quand un père va voir sa fille, le matin, elle ne lui refuse pas sa porte, sous le ridicule prétexte qu'elle est en chemise. — Monsieur, a répondu madame de Blamont, avec autant d'aménité que de modestie, la décence n'est point idéale ; elle peut être arbitraire ; elle peut être relative aux différens climats, mais son existence n'en est pas moins réelle ; fille du bon sens et de la sagesse, elle doit régler nos actions sur nos usages et sur nos sentimens, et s'il était de mode d'aller en France comme au Paraguai, la décence alors placée à d'autres devoirs plus essentiels, n'en serait pas moins respectée.—Oh ! je vous réponds qu'il y a des pays où rien de ce que vous voulez dire ne l'est, où vos devoirs sont des chimères, et vos crimes d'excellentes actions. — Ce raisonnement seul vous con-

R 2

damne ; car enfin , quelques soient les vices du peuple dont vous parlez , au moins leur en supposez-vous ? et ces vices, quelqu'ils puissent être , il les évitent, ils les punissent: voilà donc des freins reconnus, en raison de la sorte de climat ou de gouvernement ; faisant tant que d'être nés dans celui-ci , pourquoi n'en pas également adopter les principes ? — Mais c'est qu'il n'y a rien de réel. — Non, lorsque l'on s'aveugle ; mais je vous réponds que pour moi , je n'ai besoin , ni d'argumens, ni de dissertation pour me convaincre du véritable caractère d'une chose , pour m'y livrer si elle est bien, pour la détester si elle est mal. — Et quel est donc ce guide infaillible ? — Mon cœur. — Il n'est point d'organe plus faux, on en fait ce qu'on veut de son cœur, et je vous réponds qu'à force d'en étouffer la voix on parvient bientôt à l'éteindre. — Cela suppose au moins un instant où on l'entendit malgré soi. — D'accord. — On a donc été vertueux quand cette voix se faisait comprendre,

on cesse donc de l'être dès qu'on s'occupe de l'étouffer ? le bien et le mal ont
donc des différences marquées que vous
définissez vous-mêmes, en vous efforçant
de les anéantir ? *D'Olbourg.* — Il me semble
que madame a raison, il est bien certain
que le vice est une chose qui..... et puis
d'ailleurs, je dis, il n'y a que la vertu....
Le président éclatant de rire, ah ! ah ! ah !
ah ! ma foi, si le logicien d'Olbourg s'en
mêle je suis battu ; allons, madame, sau-
vons-nous : je vous crains trop avec un tel
champion ; allons déjeûner : faites dire à
Aline de descendre.... Et tout le monde
s'est réuni dans le sallon. Aline confuse
a paru ; le président lui a tenu quelques
mauvais propos sur l'histoire du matin, qui
ont achevé de la faire rougir, et madame
de Senneval par ses soins a rendu la conversation générale.

Au dîner, monsieur de Blamont a contraint sa fille à se placer entre d'Olbourg
et lui, et il lui a souvent répété : *Mademoi-*
selle faites politesse à mon ami, vous êtes tous

deux nés pour vous connaître bientôt plus intimément.

Ce n'était pas une petite besogne pour ma belle mère, et moi, de rompre à tout instant la conversation, et de la replacer dans les bornes de l'honnêteté, dont le président, plus que d'Olbourg encore, cherchait toujours à la sortir.

En se retirant, le président déclara à sa fille qu'elle eut à se trouver seule, le lendemain matin dans sa chambre, parce qu'il avait quelque chose à lui communiquer qui ne pouvait être entendu que de d'Olbourg. Les dames à cet ordre se sont réunies pour le combattre : en vérité, monsieur, a dit madame de Senneval, j'ai été mariée seize ans, et jamais mon mari n'a désiré de parler à ma fille sans moi ; quelques liens qu'une fille ait avec des hommes, elle ne peut décemment les recevoir seule ; dussiez-vous vous en fâcher, vous m'entendrez toujours vous dire, monsieur, que rien n'est plus malhonnête que l'ordre que vous donnez ici à votre

fille, et qu'à la place de madame de Blamont je ne le souffrirais sûrement pas. —
Depuis vingt ans, madame, a répondu
le président avec aigreur, madame de
Blamont fait ce que je veux ; je prononce,
et elle me satisfait ; elle se sent aussi bien de
cette condescendance, qu'elle se trouve-
rait peut-être mal du procédé contraire.
Je ne me suis jamais informé de ce que
monsieur de Senneval faisait chez vous ;
trouvez bon, madame, que je prie sa
respectable épouse de ne se mêler en rien
de ce qui se passe chez moi. Madame de
Senneval, qui, comme tu sais, n'est ni
très-douce, ni très-endurante, a voulu
répliquer ; mais madame de Blamont pré-
voyant une scène, qu'elle voulait empêcher, a dit, en sonnant les gens pour
qu'on vint éclairer : Aline vous entendez
les ordres de votre père, attendez-le demain matin, levée dans votre chambre à
l'heure où il lui plaira d'y passer.

Dès huit heures du matin, le 16, les
deux amis se sont en effet présentés à la

porte d'Aline ; elle était levée ; elle était
vêtue : reconnaîtras-tu là , mon ami, la
pudeur, la timidité de cette fille charmante ?... elle ne s'était pas couchée...
Hommes affreux ! à quel point êtes vous
devenus méprisables au sein même de votre
propre famille ; puisque la défiance que
vous y inspirez engage à de telles précautions !

Déjà levée, a dit monsieur de Blamont.
— Vos ordres sont des loix pour moi. —
Je vous demande pourquoi vous êtes déjà
levée. — Ne m'aviez-vous pas dit que monsieur d'Olbourg ? *D'Olbourg.* — Oh pour
moi, mademoiselle, ce n'était en vérité
pas la peine de vous gêner. *M. de Blamont.* — Il aurait tout autant aimé vous
trouver au lit que debout, ne faudra-t-il
pas qu'il vous y voie bientôt. *Aline*, —
j'avais imaginé, mon père, que vous aviez
quelque chose à me dire ? — Comme elle
est faite, a dit monsieur de Blamont, en
embrassant de ses deux mains la taille
d'Aline, as-tu jamais rien vu de pris

comme cela ? Comment vous avez un corps
à la campagne ? — Je ne le quitte jamais.
— Mais pour ce mouchoir, a poursuivi
Blamont, en le faisant voler d'une main
sur le lit, et captivant sa fille de l'autre,
pour ce mouchoir vous nous en ferez
grace. — Et Aline confuse et désolée,
croisant ses mains sur sa poitrine : oh !
mon père, est-ce donc là ce que vous
avez à me dire ? — Mademoiselle permettez,
a dit d'Olbourg, en écartant une des mains,
dont Aline cherchait à cacher ce que son
père venait de découvrir...., permettez,
monsieur votre père trouve bon que je
regarde tout ceci comme mon bien, et il
est assez judicieux pour ne vouloir pas conclure le marché que je n'aie reconnu s'il
n'y a point de fraude.... ces bagatelles là
se voyent sans difficulté....; bon si c'était...
mais pour cela.... nous en voyons tant.,...
O vous de qui je tiens la vie ! s'est écriée
Aline, en s'échappant avec rapidité,
n'imaginez pas que mon respect et mon
obéissance aillent jusqu'à trahir mon devoir,

et puisque vous oubliez le vôtre à tel point,
il m'est permis de ne plus entendre des
sentimens que vous ne voulez plus mériter,
et l'éclair est moins prompte à devancer
la foudre, que ne l'a été cette tendre et
honnête créature à se jeter dans le cabinet
de sa mère ; elle y est arrivée en larmes ;
elle s'est précipitée sur les genoux de cette
mère adorable ; elle l'a conjurée de l'em-
mener au couvent ; elle lui a dit que le
désespoir l'aveuglait, qu'elle ne répondait
pas d'elle, et après quelques mots de consolation, madame de Blamont la laissant à
Eugénie et à madame de Senneval, est
venue trouver son mari.

Son rôle ici devenait d'autant plus difficile, qu'elle frémissait pour Sophie, elle
n'avait point encore pris de parti décidé,
quoiqu'elle pressentit bien l'objet du voyage ;
elle n'osait pourtant pas s'en informer,
elle attendait que son époux s'expliqua le
premier ; sa timidité naturelle, les circonstances, tout l'obligeait à des ménagemens ; elle se contint donc, et trouvant

les deux amis confondus de la fuite sou-
daine d'Aline ; elle demanda doucement à
monsieur de Blamont ce qu'il avait donc
fait à sa fille, pour l'avoir réduite aux
larmes qu'elle répandait à grands flots ?
Blamont un peu confus de son côté, et
ne croyant pas que ce fût encore là le
moment de parler, sourit, plaisanta, et
dit que sa fille s'était effrayée d'une très-
innocente caresse que d'Olbourg avait
voulu lui faire. Tout s'appaissa, Augustine qui vint avertir que le déjeûner était
prêt, fit diversion, et le président pria sa
femme de rassurer Aline, de lui dire
qu'elle pouvait paraître et qu'elle n'éprou-
verait plus rien qui pût la fâcher. Madame
de Blamont se retira, et Augustine, qui
arrangeait quelque chose, se retrouva par
ce moyen tête-à-tête avec nos deux héros.
Les détails de cette seconde scène n'ont
pu venir à notre connaissance ; mais les
suites ne nous les ont que trop appris.
Augustine éblouie par l'or, fut sans doute
moins cruelle que la veille ; ce qu'il y a

de certain , c'est que ces messieurs ne
parurent point au déjeûner, qu'on ne trouva
plus Augustine de tout le jour , et qu'elle
disparut le lendemain. Il y a des choses
très-désagréables qui quelquefois deviennent heureuses dans les circonstances , cet
événement-ci est du nombre ; il calma du
moins nos libertins , et tout le reste du
jour fut tranquille.

Mais sitôt que le dix-sept au matin,
on se fut apperçu du départ d'Augustine,
l'inquiétude de madame de Blamont fut
très-vive ; elle pouvait avoir parlé de Sophie,
quoique ce ne fut pas à elle que l'on l'eut
confiée , elle savait de l'histoire tout ce
qu'on n'en avait pu cacher dans la maison ;
n'en était-ce pas beaucoup trop, si elle
avait été indiscrète ? Dans cette affreuse
perplexité , la présidente se décida donc
à demander à son mari, ce qu'il avait pu
faire de cette fille , et quelle était la cause
de son évasion ? Elle le piqua même un
peu , pour découvrir s'il ne savait rien sur
Sophie, mais les réponses de l'époux, en

rassurant

rassurant madame de Blamont sur ses craintes, la convainquirent que sa femme de chambre était débauchée, et que cette malheureuse allait attendre à Paris, les effets de la libéralité de ses séducteurs; et les nouvelles preuves de leur fantaisie pour elle.

Il y avait eu la veille, et toute une partie de ce jour, un très-grand embarras entre le père et la fille; celle-ci avait fort désiré de rester dans sa chambre; nous l'avions détourné de ce projet, elle avait paru comme à l'ordinaire, et en avait été quitte pour un peu de rougeur.

Dans cette journée du dix-sept, le président toujours très-empressé de se trouver seul avec Dolbourg et Aline, proposa une promenade dans le bois, que toute la compagnie dérangea, quand on eut vu que, par l'art avec lequel il avait distribué les courses et les voitures, Aline, au fond de la forêt, se trouvait entre ses deux persécuteurs. Voyant ses plans manqués, le président dit qu'il voulait aller

S

courir le bois, seul avec son ami; ce
dernier projet s'exécuta, et on ne les vit
plus qu'à souper. Nous n'avions pas bougé
du château, pendant cette absence, et je
venais de réussir enfin, à déterminer madame de Blamont à rompre la glace; ce
n'était pas sans peine, mais une explication devenait pourtant nécessaire; le président ne disant mot, pouvait avoir le
projet sourd d'enlever sa fille, il ne fallait pas se contenter d'étudier sa conduite,
il fallait observer ses desseins, je décidai
donc un éclaircissement pour le lendemain
sans faute, et je préparai tout, dans la
vue de donner à la scène le pathétique
que j'y supposais nécessaire, afin d'émou-
voir, s'il était possible les ressorts de
cette ame flétrie; il est temps de te détailler cet évènement, qui se passa dans
le second sallon, où existe à gauche un
petit cabinet à écrire, dans lequel j'avais
fait cacher Sophie prévenue. Le chocolat
pris, on vint dans le sallon que je t'in-
dique, et madame de Blamont débuta

ainsi : convenez, monsieur, que vous me
donneriez, si j'étais méchante, de bien
justes sujets de me plaindre de vos procédés ? *M. de Blamont*, en quoi donc ?
Madame de Blamont, que signifie cet
enlèvement ? L'asyle de votre famille ne
devrait-il pas être respecté ? *M. de Bla-*
mont, eh bien ! tu vois d'Olbourg, les
semonces que tu m'attires, je n'ai tra-
vaillé que pour toi, et me voilà grondé
comme si j'étais le délinquant. *M. Dol-*
bourg, eussé-je osé me rendre coupable
d'un tel genre d'offense, si tu ne le par-
tageais pas ? *Madame de Blamont*, oh !
je suis fort consolée d'une telle perte ;
Madame de Senneval, le désordre des
mœurs de cette créature doit vous laisser
peu de regrets…. Deux hommes mariés !
M. de Blamont, le sacrement fait bien
peu de chose à cela ; je ne dis pas
que, *pris comme il le faut*, il ne puisse
embraser quelquefois la tête, mais, en
vérité, il ne la calme jamais ; d'ailleurs,
Dolbourg n'a plus de biens, c'est le plus

heureux des hommes, il en est déjà à son troisième veuvage. *Madame de Sennéval*, je croyais monsieur, marié. *M. de Blamont*, mais je me flatte que dans quatre jours, ce ne sera plus une présomption. *Madame de Blamont*, monsieur s'occupe donc de nouveaux nœuds ? *M. de Blamont*, voilà une bonne ignorance, est-ce mystère ? est-ce fausseté ? *Madame de Blamont*, ce sera ce que vous voudrez, mais je ne connais rien de si simple que d'ignorer les desseins de gens qu'on voit à peine. *M. de Blamont*, la connaissance se fera, et quant à l'intérêt que vous y devez prendre, j'arrange difficilement que vous puissiez le déguiser, après ce que vous savez sur cela. *Madame de Blamont*, il y a des choses qui se disent cent fois, sans qu'on puisse les comprendre une seule. *M. de Blamont*, soit, mais quand elles se font, au moins on ne les ignore plus. *Madame de Blamont*, vous embrouillez, au lieu d'éclaircir, je voulais une solution, et vous me proposez une énigme.

M. de Blamont, áh! parbleu, je suis prêt à vous donner le mot de celle-ci. *Madame de Senneval*, nous serons tous charmés de l'entendre. *M. de Blamont*, eh bien! c'est que je donne ma fille à monsieur, voila tout le mystère. *Aline*, mon père, avez-vous résolu de me sacrifier ainsi? *M. de Blamont*, j'ai résolu de vous rendre heureuse, et je connais assez le caractère de monsieur, pour être sûr qu'il doit avoir tout ce qu'il faut pour y parvenir.

Madame de Blamont, mais dans une pareille cause, qui peut mieux juger qu'elle-même, si elle vous assure que malgré les qualités de monsieur, il lui est impossible de trouver le bonheur avec lui, quelle objection pourrez-vous faire alors? *M. de Blamont*, que ce qui ne vient pas un jour, arrive l'autre; il ne s'agit pas de savoir si ma fille doit se croire heureuse dans le mariage que je propose, il n'est seulement question que de se convaincre que l'homme que je lui destine a tout ce

S 3

qu'il faut pour la rendre telle. *Madame
de Blamont*, oh ! monsieur, pouvez-vous
raisonner ainsi ? *M. de Blamont*, que
voulez-vous que j'oppose à vos caprices,
quand mon intention n'est pas d'y céder?
Madame de Blamont, ne dites donc plus
que vous voulez le bonheur de votre fille.
M. de Blamont, à partir de l'état actuel
de nos mœurs, une fille me fait rire,
quand elle dit qu'elle craint de ne pas
trouver le bonheur dans les nœuds de
l'hymen, et qui la force de le chercher
là ? Un époux, de l'âge de mon ami,
ne demande que quelques égards... quelques assiduités.... quelques *observances de
pratique*, et ces misères là remplies, si
sa femme imagine pouvoir trouver mieux
ailleurs...... eh bien ! il ferme les yeux;
quel serait l'homme assez tyran, pour se
scandaliser de voir chercher à sa femme
un bien, qu'il est hors d'état de lui faire?
Madame de Blamont, mais si les mœurs
sont dépravées, croyez-vous que toutes
les femmes le soient ? *M. de Blamont*,

cette dépravation n'est qu'idéale, le délit
n'est relatif qu'au mari, il devient nul,
dès que l'époux le tolère ou le nie; du
moment qu'il ne s'oppose à rien, sous
de *certaines clauses purement physiques*, quel
peut être le crime de la femme ? *Madame
de Senneval*, j'estimerais bien peu l'époux
qui ferait avec moi de tels arrangemens.
M. de Blamont , l'estime...... l'estime ,
voilà encore un de ces sentimens chimériques qui ne s'arrange pas à ma philosophie, qu'est-ce que l'estime?.... L'appro-
bation des sots , accordée aux sectateurs
de leurs petits vilains préjugés..... tyranni-
quement refusée à l'homme de génie qui
les fronde; dites-moi, je vous prie, comment vous voulez qu'on soit jaloux de
mériter un tel sentiment? pour moi, je
ne vous le cache pas, mais l'homme du
monde que j'aime le mieux, est celui
qu'on estime le moins, et ce sera toujours
celui de tous, à qui je supposerai le plus
d'esprit... Eh! non, non, ce n'est point
un tel fantôme qui compose la félicité,

jamais l'homme sage ne place la sienne
dans ce que les autres peuvent lui donner
ou lui ravir au plus léger mouvement de
leurs caprices; il ne la met que dans lui-
même, dans ses opinions, dans ses goûts,
abstraction faite de toute considération
ultérieure. Eh! laissons-là toutes ces jouissances illusoires, croyez-moi, un époux
riche, doux, complaisant, qui n'exige
jamais que ce qu'on peut lui donner, qui
fait grâce entière du métaphysique, voilà
l'homme qui peut rendre une femme heureuse, s'il n'y réussit pas, mesdames, en
vérité, je ne vois plus ce qu'il vous faut.
Madame de Blamont, simplifions, monsieur, car vos analyses sont trop loin de
nos principes, pour que nous puissions
jamais nous accorder; tenons-nous en donc
au fait. Aline, croyez-vous que l'hymen
que vous propose votre père, puisse vous
rendre heureuse? *Aline*, je suis si loin
de le croire, que je demande pour toute
grâce à mon père, de me percer plutôt
mille fois le cœur que de me captiver sous

de tels nœuds ! *M. de Blamont*, ah !
voilà vos leçons, madame, voilà vos pré-
ceptes, si j'avais bien fait, vous n'auriez
point élevé cet enfant.... Soustraite à vous
dès sa naissance, n'ayant jamais connu
qu'un cloître, éloignée de vos indignes
préjugés, elle n'aurait pas trouvé de réponse, quand il eut été question de m'o-
béir. *Madame de Blamont*, un enfant
dès le berceau, soustrait à sa mère, n'en
arrive pas plus sûrement au bonheur. *M. de*
Blamont, ému et balbutiant, son esprit ne
se dérange pas au moins par de mauvais
principes. *Madame de Blamont*, mais ses
mœurs se pervertissent au sein de l'infamie, et celui qui devrait être le pro-
tecteur de son innocence, est souvent celui
qui la corrompt. *M. de Blamont*, en vérité, voilà des propos... — Viens, Sophie,
a poursuivi avec chaleur madame de Blamont, en ouvrant la porte du cabinet, viens
les expliquer toi-même à ton père, viens
te précipiter à ses genoux, viens lui demander pardon d'avoir pu mériter sa haine,

dès le premier jour de ta naissance,—
puis s'adressant rapidement à Dolbourg,
et vous, monsieur, oserez-vous enfoncer
plus avant le poignard dans le cœur d'une
malheureuse mère, oserez-vous désirer pour
votre femme, l'une de ses filles, après
avoir fait votre maîtresse de l'autre? Puis,
saisissant l'embarras de son époux, aux
pieds duquel était Sophie, laissez parler
votre cœur, monsieur, tout est su, ne
refusez plus d'ouvrir vos bras à cette malheureuse *Claire* que vous m'enlevâtes au
berceau, la voilà, monsieur, la voilà,
victime de vos procédés, trompée sur sa
naissance, qu'elle ne voie pas toujours
en vous le corrupteur de ses jeunes années,
et montrez-lui le cœur d'un père, pour
lui faire oublier son bourreau.

C'est ici, mon ami, que l'art de la plus
profonde scélératesse, est venu disposer
les muscles de la physionomie de ces deux
indignes mortels, c'est ici que nous avons
pu nous convaincre que l'ame d'un liber-
tin n'a pas une seule faculté qui ne soit

Vient Sophie ...vient demander pardon à ton père
d'avoir pû mériter sa haine dès le premier jour
de ta naissance.

aux ordres de sa tête, et que tous les
mouvemens de la nature cèdent dans de
tels cœurs, à la perfide corruption de
l'esprit. Oh! ma foi, madame, a dit le
président, avec le plus grand flegme, et
repoussant Sophie de ses genoux, si ce
sont là les armes dont vous voulez me
battre, en vérité, vous ne triompherez
pas... et s'éloignant encore plus de Sophie —
par quel hazard cette créature est-elle ici?...
Te serais-tu douté, Dolbourg, que la maison de madame servit d'asyle à nos catins? —
Oh ma chère! n'espère plus rien de cet
homme atroce, a dit madame de Senneval
furieuse; celui qui repousse la nature avec
tant de dureté, n'est plus qu'à craindre
pour toi. Vole implorer les lois, leur
temple est ouvert à tes plaintes, on n'eut
jamais tant de sujets d'en porter, on n'eut
jamais tant de droits à des secours........
Moi, plaider contre ma femme, a répondu
Blamont, avec l'air de la douceur et de
l'aménité.... étourdir le public de dissen-
tions aussi minutieuses que celles-ci......

c'est ce qu'on ne verra jamais...... puis,
s'adressant à moi, Déterville, a-t-il ajouté,
faites retirer les jeunes personnes, je vous
prie, revenez ensuite, j'expliquerai l'é-
nigme, mais je ne le veux que devant
ces deux dames et vous. Sophie désolée,
Aline et Eugénie ont passées dans l'appartement de madame de Blamont, et sitôt
que j'ai reparu, le président nous ayant
prié de nous asseoir et de l'entendre, nous
a dit que, jamais cette Sophie ne lui avait
appartenu par aucuns nœuds, que l'idée
de cette alliance était absurde; il est convenu de l'enfant qu'il avait eu de la Valville,
convenu du désir qu'il avait formé d'en
substituer un autre à celui-là, pour se
conserver les droits que leur perfide convention lui donnait sur la fille naturelle
de son ami; il a ajouté que la mort très-
effective de sa fille Claire, l'ayant attiré
au Pré-Saint-Gervais, où elle était en
nourrice, après avoir rendu les derniers
devoirs à cette petite fille, il avait imaginé de s'arranger là, de quelque joli
enfant

enfant qu'il put mettre à la place de celui qu'il avait eu de la Valville, et que la petite fille de la nourrice, positivement de l'âge qu'il fallait, lui ayant convenu, il l'avait payée cent louis à la mère, et transporté en conséquence lui-même au village de Berceuil, où elle avait été élevée jusqu'à treize ans, mais qu'il n'avait dans tout cela d'autre tort, que d'avoir voulu tromper son ami, jamais ceux d'avoir corrompu sa propre fille, ou soustrait celle de sa femme; ensuite il nous a demandé par quels moyens cette fille se trouvait à Vertfeuil.

Madame de Blamont, toujours tendre, toujours honnête et sensible, croyant reconnaître quelque sincérité dans ce qu'elle entendait, et préférant de renoncer au plaisir de retrouver sa fille, à la nécessité de voir son mari coupable de tant de crimes, si Sophie lui appartenait effectivement, n'ayant d'ailleurs rien de positif à objecter, puisque tu n'avais encore rien éclairci..... Madame de Blamont, dis-je,

a tout avoué de bonne foi. ... Le président s'est jetté dans les bras de sa femme
et l'embrassant avec la plus extrême tendresse, — non, non, ma chère amie, lui
a-t-il dit.... non, nous ne nous brouille-
rons pas pour une telle chose, je suis
coupable de quelques travers, sans doute,
ma faiblesse pour les femmes est affreuse,
je ne puis m'en cacher, mais une erreur
n'est pas un crime, et je serais un monstre
si j'avais commis ce dont vous m'accusez.
Rien de plus certain que la mort de votre
fille, je suis incapable d'avoir pu vous
tromper, jusqu'à supposer cette mort, si
elle n'eut été réelle, Sophie est fille d'une
paysanne, elle est fille de la nourrice de
votre *Claire*, mais elle ne vous appartient
nullement, je suis prêt à vous le jurer
en face des autels, s'il le faut, la ressemblance est singulière, je l'avoue, il y a
long-temps que j'ai observé les traits qui
rapprochent Sophie de votre Aline, mais
ce n'est qu'un jeu de la nature, qui ne
doit pas vous en imposer... Que le sceau

du raccommodement, a-t-il poursuivi, en serrant les mains de sa femme, soit donc ma chère amie, l'accord certain des délais que vous demandez pour Aline. Le mariage que j'exige ferait mon bonheur, cependant vous m'avez demandé du temps pour l'y disposer, je vous donne jusqu'à votre retour à Paris, ainsi que nous en étions convenus d'abord, mais qu'elle accepte après, j'ose vous le demander en grâce, que la crainte d'un crime ne soit pas sur-tout ce qui vous retienne, Dolbourg a pu être l'amant de Sophie, mais je vous proteste qu'il ne l'a jamais été de la sœur d'Aline, il n'y a pas de preuve que je ne puisse vous en donner, pas de serment que je ne puisse vous en faire; jouissez en paix avec vos amis du temps que je vous laisse pour déterminer ma fille à ce qui fait le but de mes vœux, je les conjure de vous aider à obtenir d'elle ce que j'en attends, et d'être bien certains que c'est son bonheur seul qui m'occupe.

T 2

Madame de Blamont qui croyait tout avoir en gagnant du temps pour Aline... qui l'obtenait, qui ne pouvait détruire les assertions de son mari, ou qui n'avait à leur opposer que celles de la Dubois, que rien ne semblait devoir faire préférer à celles du président... qui, mère ou non de Sophie, se trouvait toujours en situation de lui faire du bien, trouva dans son cœur la réponse que lui dictaient nos yeux ; elle convainquit son époux de la foi qu'elle accordait aux discours qu'il venait de lui tenir, et ajouta que, puisque le ciel avait fait tomber cette Sophie dans ses mains, elle demandait en grâce que l'on la lui laissât. *Dolbourg*, elle ne mérite pas le bien que vous voulez lui faire, j'ai vécu cinq ans avec elle, je dois la connoître et je la connois bien, croyez que je serais indigne de l'honneur où je prétends de devenir un jour votre gendre, si j'avais maltraité cette fille comme elle l'a été, sans qu'elle m'en eut donné les plus graves sujets. Peut-être ai-je trop écouté ma colère, mais soyez sûre qu'elle était coupable. *Madame de Blamont*, on nous a fort assuré que non. *Dolbourg*, ah! je le vois, madame, Sophie n'est pas tombée seule en vos mains, et cette créature horrible qui couvrait et servait ses désordres, y est, sans doute, également. *Madame de Blamont*, il est vrai que j'ai vu la Dubois. *Le Président*, aucune imposture ne nous étonne à-présent, voilà celle qui vous a induit en erreur sur les objets dont il s'agit; mais ne la croyez en rien si vous voulez connoître la vérité, nulle femme au monde ne la déguise avec tant d'art, nulle n'est capable de porter aussi loin le mensonge et l'atrocité. *Madame de Blamont*, et qu'est devenue cette autre petite créature que toutes deux conviennent avoir été la maîtresse de mon mari et la fille de monsieur ? *Le Président*, ému, ce qu'elle est devenue?.. *Madame de Senneval*, oui. *Le Président*, eh bien! mais rien de plus simple, elle était aussi coupable que Sophie.........

T 3

coupable du même genre de tort..... Dolbourg a puni l'une de sa main, voulant
également punir l'autre..... elle m'est écha-
pée.... je ne vous cache rien moi, vous
voyez ma sincérité.... c'est le cœur d'un
enfant. *Madame de Blamont*, oh, mon
ami, voilà donc où entraîne le libertinage !
que de chagrins, que d'inquiétudes suivent
toujours ce vice épouvantable; ah! si le
bonheur eut été moins vif dans votre
maison, croyez au moins qu'entre votre
Aline et moi, il eut été mille fois plus
pur. *M. de Blamont*, laissons mes torts,
il me faudrait des siècles pour les réparer,
l'impossibilité d'y réussir me porterait au
désespoir, qu'il vous suffise d'être bien
sûr que je ne les aggraverai plus ....Et
des larmes ont échapées des yeux de la
crédule madame de Blamont. — Au défaut
du bonheur réel, la certitude de ne plus
voir augmenter ses maux, est une consolation pour l'infortune; accordez-moi la
grâce entière, a dit cette malheureuse
épouse en pleurs, ne pensez plus à cet

himen disproportionné. *Le Président* , j'ai
des engagemens que je ne puis rompre,
vous ignorez leur degré de force, je ne
suis plus maître de ma parole, Dolbourg
lui-même ne saurait m'en dégager, cependant je puis vous accorder des délais, il
ne s'y refusera pas, son ame est trop délicate pour prétendre à la main d'Aline
sans la mériter; deux mois, trois mois,
s'il les faut, je vous les donne..... mais
vous devriez nous rendre cette Sophie,
vous devriez permettre qu'elle fut traitée
comme elle le mérite. *Madame de Blamont* , son malheur lui assure des droits
à ma pitié, elle m'est chère dès qu'elle
souffre... elle ne peut plus vous offenser,
laissez-la moi, elle est jeune, elle peut
se repentir.... elle se repent déjà, vous
la feriez entrer au couvent par force, je
la déterminerai de bonne grâce au même
sacrifice, et vous serez également vengé.
Le Président , soit , mais défiez-vous
de sa douceur, — craignez des vertus
qu'elle n'adopte, que pour voiler l'ame

la plus traîtresse. *Dolbourg*, il n'est
aucune espèce de tort qu'elle n'ait eue avec
nous. *Le Président*, elle en a eue qui
aurait mérité l'attention même des lois.
L'enfant dont elle était grosse n'était sûrement pas de mon ami, elle nous volait
pour son amant, elle est capable de tout;
cette seconde fille dont vous venez de nous
parler, ne nous trompait que par ses ins-
tigations, elle séduit, elle impose, elle
joue le sentiment et ce n'est que pour
en venir à des fins toujours criminelles
comme son cœur. *Madame de Blamont*,
mais il n'y a sorte de bien que n'en ait
dit là femme qui l'élevat. *Dolbourg*, cette
femme ne l'a connue qu'enfant, et c'est
à Paris, c'est avec la Dubois qu'elle s'est
pervertie, ne gardez pas ce serpent, croyez-
moi, madame, vous en auriez bientôt des
regrets. — Voyant madame de Blamont
prête à faiblir, je la fixai, elle m'entendit, elle tint ferme, allégua la charité
et la religion qui l'obligeait à ne point
abandonner cette malheureuse, après lui

avoir promis sa projection, et les deux amis n'osèrent plus insister sur l'envie qu'ils avaient de la ravoir; la paix fut donc conclue, aux conditions qu'il ne s'agirait plus d'aucuns reproches de part et d'autre, que Sophie resterait à madame de Blamont et qu'on accorderait à Aline jusqu'à l'hiver, pour se décider au mariage qu'on exigeait d'elle.

J'ose vous demander encore au nom de l'honnêteté et de la décence, a dit madame de Blamont, de ne point abuser de cette malheureuse, que vous avez séduite hier chez moi; en vérité, a répondu le président, pour le crime, il n'est plus temps.... il est commis,.... tant d'envie de céder.... si peu de résistance... tout cela ne devrait pas vous donner des regrets; — ne la gardez pas au moins, placez-là.... elle peut redevenir honnête.... qu'elle ne trouve pas dans vous, l'appui certain de ses désordres. — Eh bien! je vous le jure... Allons, qu'on appelle Aline... Eugénie, et puisque nous n'avons plus que vingt-quatre heures à rester ici, que les plaisirs y remplacent les chagrins, et qu'on n'y voye plus que de la joie.

Madame de Blamont a été chercher elle-même sa fille, elle ne s'est point expliquée devant Sophie, qu'eut-elle pu lui dire dans l'état d'incertitude où tout était, elle l'a caressée, consolée, elle l'a remise entre les mains de ses femmes, et la tranquillité s'est rétablie; jusqu'au lendemain au soir, les choses ont toujours été de mieux en mieux, et le vingt au matin, les deux amis, le front calme, bien plus peut-être que leurs cœurs, sont repartis en comblant d'éloges et d'amitiés tous les habitans du château.

Que penses-tu maintenant de ceci, mon cher Valcour, devons-nous croire ?........ devons-nous douter ?.... Madame de Blamont lasse de malheurs, saisit avec avidité l'illusion qu'on lui présente, c'est un moment de repos dont elle veut jouir; son ame honnête a tant de plaisir à supposer ses vertus dans les autres; sa chère fille lui ressemble ; toutes deux se livrent au plus doux espoir, Eugénie le partage, parce qu'elle est bonne et sensible, comme son amie ; il n'y a d'incrédules que madame de Senneval et moi, mais nous le sommes, je l'avoue. Ce retour nous paraît bien prompt ; il est rendu si nécessaire par les circonstances que nous croyons qu'il ne dépend absolument que d'elles, c'est au temps à nous détromper........ et d'ailleurs, qu'a promis le président ?..... quelques mois de délais, en est-ce assez pour se flatter? et quand ces délais seront expirés, quand il aura eu le temps de revenir du petit moment de confusion, dont il a été altéré par tout ceci, ne redeviendra-t-il pas tout aussi pressant?

Cependant, nous sommes convenus, ma belle-mère et moi, de supprimer nos réflexions à nos amies, elles ne serviraient qu'à troubler leur moment de calme. S'il doit être réel, ce calme où nous ne croyons pas, pourquoi leur montrer nos craintes, si elles ont tort de s'y livrer, c'est un beau songe dont il faut leur laisser la jouissance. Nous ne pouvons parer à rien, aucun événement ne dépend de nous, à quoi nos doutes serviraient-ils ? quel besoin de les leur faire voir ; je ne les hazarde donc qu'avec toi. Presse tes éclaircissemens sur Sophie, beaucoup de choses tiennent à cela, s'ils nous ont induits en erreur sur cet article, ils nous ont trompé sur-tout le reste, alors ils méditent quelques horreurs, ils n'accordent du temps que pour y réussir, et dans ce cas, nous devons dissiper l'illusion. S'ils ne nous en ont pas imposé sur Sophie, et que les mensonges viennent de la Dubois ; s'il est réel, ce que je ne puis croire, que cette jeune Sophie ait tous les torts qu'ils lui prêtent..... en un mot, s'ils ont dit vrai, alors je m'écrierai plein de joie, que telle est l'influence de la vertu, qu'il est des momens où le vice absorbé devant elle, est contraint à s'humilier, se confondre, demander grâce et disparaître........ mais sont-ce des vices chéris qui peuvent fléchir

de

de cette manière......... des vices nourris
depuis autant d'années... non... peut-être
céderait ainsi la fougue de la jeunesse ou
l'erreur du moment, mais jamais le crime
vieilli et soutenu par des idées ; le plus
grand malheur de l'homme est d'étayer ses
travers de ses systêmes, une fois qu'il s'en
est formé d'assez sûrs pour légitimer sa
conduite, tout ce qui la condamnerait dans
le cœur d'un autre, la fixe à jamais dans
le sien ; voilà ce qui rend les torts des
jeunes gens de peu d'importance, ils n'ont
fait que choquer leurs maximes, ils y
reviennent, mais ce n'est que par réflexion
que pêche l'homme mûr, ses fautes émanent
de sa philosophie, elle les fomente, elle
les nourrit en lui, et s'étant créé des
principes sur les débris de la morale de
son enfance, ce sont dans ces principes
invariables qu'il trouve les lois de sa dépravation.

Quoiqu'il en soit, tout est tranquille ;
nous avons au moins jusqu'à l'hiver, a dit
madame de Blamont, le lot de l'infortune

V.

est de jouir du présent, sans s'inquiéter
de l'avenir, et quels momens seraient pour
elle, si à côté des tourmens qui l'accablent
sans cesse, elle n'avait au moins pour
jouissances, celles que lui laisse l'illusion.
Ce que nous appellons le bonheur, nous
autres malheureux, me disait-elle hier,
n'est que l'absence de la douleur, quelque triste que soit cette misérable situation,
que nos amis nous la laissent goûter.

Quant à Sophie, elle a toujours ses mêmes
droits, jusqu'à l'éclaircissement, fondés ou
non, il serait trop dur de les lui ravir,
et la cruauté ne peut naître dans une ame
comme celle de notre amie. Si quelque
chose pourtant trouble un peu cette respectable femme, c'est le silence affecté
qu'on a gardé sur toi..... est-il naturel?
un des motifs du voyage n'est-il pas au
contraire de s'informer si tu n'a point paru?
Quelques questions faites dans la maison
et qu'on nous a rendues sur-le-champ,
prouvent que ces éclaircissemens entraient
dans leurs vues. — Pourquoi donc s'est-on

tu devant nous ? pourquoi même, à l'époque du raccommodement n'en pas être ou-
vertement convenus ? ne voilà-t-il pas du
louche dans la conduite du président ? nous
sommes sûrs d'ailleurs qu'il a tenu jusqu'au
dernier instant au désir de ravoir Sophie ;
on l'a cherché dans le château ; on a taché
de s'introduire dans la chambre où l'on l'a
soupçonnait renfermée : un homme adroit
du président a été aux aguets tout le jour
qui a précédé celui de leur départ ; voilà
donc encore du mystère dans les démarches
de cet époux, qui parait rep ntant. Madame de Blamont sait tout cela ; elle dit
que le désir de ravoir Sophie, si effectivement elle n'est pas sa fille, est indépen-
dant de ce qui concerne Aline et elle ; qu'il
est tout simple, si Sophie ne lui est rien,
qu'il veuille se venger d'une créature, qui,
selon lui, a tant de tort ; sans que cela
prouve qu'il veuille affliger sa femme et
faire le malheur de sa fille.... Je n'ose rien
répliquer, mais je n'en réfléchis pas moins ;
je n'en redoute pas moins que tout ceci ne

soit qu'une léthargie, dont le réveil sera
peut-être terrible.... Adieu, fais comme
moi, écris, console, et ne trouble rien,
à moins que les éclaircissemens ne t'y for-
cent; tout dépend des lumières que nous
attendons de toi..... Mais si cet homme
perfide a été assez adroit pour allier le
mensonge à la vérité! pour donner à l'un
toute l'appa ence de l'autre... S'il veut
tromper ces deux respectables femmes.....;
s'il veut les rendre éternellement malheureuses : oh! mon ami, je dirai alors que le
ciel est injuste; car, il ne créa jamais des
êtres auxquels il dût autant de bonheur;
jamais deux créatures qui le méritassent
aussi bien, si cette manière d'exister est
l'apannage de ceux qui sont vertueux et
sensibles, si elle est due, à ceux qui savent si bien l'a répandre sur tout ce qui les
environne.

LETTRE XXIV.

Valcour à Déterville.

Paris, ce 22 septembre.

Je reçus le quatorze, mon cher Déterville, la lettre où tu me recommandais les démarches du Pré-Saint-Gervais, et quelqu'ayent été mes diligences, ce ne fut pourtant qu'hier qu'il me devint possible de réussir. O! mon ami, quelle intéressante étude vous fournit, chaque jour, le cœur de l'homme, et comment nier l'influence de la divinité sur lui, quand on voit avec quelle fatalité celui qui tend des pièges s'y prend presque toujours le premier, et comme le vice, toujours en opposition avec lui-même, se perce avec les traits dont il veut frapper la vertu. Le président est coupable dans le cœur, et ne l'est pas dans le fait; il en impose odieusement à sa femme; il la trompe avec la plus insigne fausseté, et pourtant il ne lui ment pas. Daigne me lire avec attention, et mon énigme va se développer. (1)

Je me transportai, le 15, au village indiqué, et ayant descendu dans une auberge, je demandai historiquement, si le curé était un honnête garçon, s'il était aimé de ses paroissiens ; si c'était un individu sociable : — c'est un homme intègre, m'assura-t-on, vieux, et depuis vingt-cinq ans en possession de sa cure. Si vous avez affaire à lui, vous en serez content. — Oui vraiment, dis-je, à celui qui me parlait ; j'ai quelque chose à communiquer à ce pasteur ; et puisque vous

_____

(1) Cette recommandation s'adresse au lecteur ; il lui deviendra impossible d'entendre la suite, s'il ne porte pas à cette lettre l'attention la plus exacte, et s'il ne se la rappelle pas jusqu'au dénouement, et principalement à la cinquante-unième lettre, quand il y sera.

êtes assez officieux pour m'instruire, soyez-
le encore assez, je vous prie, pour aller
lui demander, si un honnête bourgeois
de Paris ne l'incommoderait pas, en lui
demandant une audience ?.... Mon homme
partit, et la réponse fut une invitation
de me rendre au presbytère, où je trouvai
un ecclésiastique de plus de soixante ans,
d'une figure douce et prévenante, qui me
demanda le premier, comment il se trouvait assez heureux pour m'être bon à quelque chose ? J'expliquai, ma commission.
.... Nous fouillâmes les registres, nous
trouvâmes la mort que nous cherchions,
aussi-bien constatée qu'elle pouvait l'être,
et toutes les preuves d'un service fait dans
la paroisse, le 15 août 1762, à Claire de
Blamont, fille légitime de monsieur et
madame la présidente de Blamont, de-
meurant rue saint-Louis, au Marais. —
Eh bien, monsieur ! dis-je au curé en le
fixant, pour ne rien perdre des mouvemens de sa physionomie, cette Claire de
Blamont que vous avez enterrée le 15 août

1752, aujourd'hui 15 septembre 1778, se
porte mieux que vous et moi.... Ici notre
homme frémit et recule ;... un instant je
le crus coupable, mais les suites me convainquirent bientôt de mon erreur. — Ce
que vous me dites est bien difficile à croire,
monsieur, me répondit le curé, il faut
approfondir,.... cela en vaut la peine ;
mais trouvez bon que je m'informe avant,
à qui j'ai l'avantage de parler ? — A un honnête homme, monsieur, répondis-je avec
douceur, ce titre ne suffit-il pas pour
éclaircir une trahison ? — Mais ceci peut
devenir matière à un procès, et je dois
savoir ;... — point de procès, monsieur,
il s'en faut bien que ce soit vous que l'on
soupçonne ; l'intention est de traiter tout
à l'amiable, et vous pouvez recevoir ma
parole, que rien de ce qui va se faire,
ne nous passera : je suis l'ami de madame
de Blamont ; c'est de sa part que je viens
vous trouver : je puis donc vous répondre, et du mystère où tout ceci restera,
et de l'extrême éloignement qu'on a de

plaider. — mais si cette *Claire* existe,
comme vous me l'assurez, où est-elle ac-
tuellement ? — dans les bras de sa mère.
il ne s'agit que de vérifier une supercherie
de nourrice, et d'en approfondir mystérieusement les raisons, pour parer à de
tels désordres dans la suite, tout vous y
engage ; le ministre de Dieu doit non-
seulement écouter l'aveu du crime, mais
il doit même en prévenir l'action. Notre
homme, en s'asseyant, tomba ici dans
quelques réflexions ; je l'y laissai deux
ou trois minutes, et lui demandai enfin à
quoi il paraissait se résoudre ? — à ouvrir la tombe, monsieur, me dit-il, en
se relevant,..... a chercher là les premières
preuves de la fraude, avant que de nous
décider à rien. — Bien vu, lui dis-je,
fermez tout, qu'il n'y ait que le fossoyeur
et nous a cette expédition, je vous le
répète, le secret est essentiel ;... le fossoyeur arrive, on ferme l'église, et nous
voilà a l'ouvrage. L'endroit était mentionné
sur les registres ; il y avait d'ailleurs une

inscription sur le cercueil; nous ne nous trompâmes point. On enlève un petit coffret de plomb où devait être déposé le corps de *Claire* : et l'examen des ossemens fait avec la plus extrême exactitude, nous offre les débris d'un chien, dont la tête encore conservée, prouve la fraude évidemment. Le curé tressaillit, se remettant néanmoins tout de suite, et reprenant le flegme d'un honnête homme qu'on a dupé, mais qui est incapable d'avoir eu part à une telle ruse, il me proposa de faire jetter ces restes d'animaux, je m'y opposai, et l'ayant convaincu de la nécessité de tout rétablir, dès que nous agissions en secret, nous y travaillâmes sur le champ; on remit la caisse à sa place; il imposa silence à son homme, et nous rentrâmes au presbytere. — Monsieur, me dit le curé au bout d'un instant, quoique vous en puissiez dire, je pourrais passer pour coupable dans cette aventure-ci; ma justification devient essentielle; — nullement, répondis-je, nous

connaissons les malfaiteurs ; il s'en faut
bien que vous soyez soupçonné , je vous
l'ai certifié , je vous le confirme encore.
Et je lui dis alors que la nourrice et le
père étaient les seuls auteurs de la
supposition ; que le second niait , et qu'il
s'agissait d'interroger la nourrice. — Son
nom ? — Claudine Dupuis ; — Claudine ?
elle est pleine de vie ; elle loge ici près,
nous saurons tout. — Envoyez-la prendre , Monsieur , que la douceur et l'aménité règnent dans les questions que nous
allons lui faire , et que le plus inviolable
silence les enveloppe. — Claudine arriva ;
c'était une grosse paysanne très-fraîche,
d'environ quarante ans , et veuve depuis
quatre. — Qui y a ti, monsen le curé , —
dit-elle gayement ? *le curé* Asseyez-vous,
Claudine , nous avons quelques questions
sérieuses à vous faire , et dont les réponses,
si elles sont justes — pourront vous valoir
une récompense. *Claudine.* Eune racom-
pense, tamieu , tamieu , jons bin besoin
d'argent ; eh ! qu'on d raison eddir q'eune

maison où gnia pu d'homme, es zun cor
sans ame ; jarni, edpui quel mian ze
mort, jen fsons pu rian. *Le curé.* Vous
rappellez-vous, Claudine, d'avoir nourri
trois semaines, il y a seize ans, une petite fille nommée *Claire*, appartenant à
monsieur le président de Blamont ? *Clau-*
dine. Oui da, j'men souvian, a-moura
dcoliques la pau enfant ; al était gentille
comme tout pardin on vous paya un service comm' si c'ent été l'enfant d'un
prince, et vous l'enterrâtes là dans vot
aglise, tout fin dret dla chapelle dla Viarge,
y m'en souvient comme d'hier. *Le curé.*
Savez-vous ce qu'on dit Claudine ? *Clau-*
dine. è qué qu'on dit monseu l'curé ? *Le*
curé. On prétend que cet enfant-là n'est
pas mort. *Claudine.* Pardine y s'peui bin
qu'a soit rasucité ; not seigneur l'a bin
été, n'gnia rien d'impossibe à Dieu. *Le*
curé. Non, ce n'est pas là ce que je
veux dire ; on vous soupçonne de quelque supercherie. *Claudine.* Moi ? eh queu-
que j'aurions donc gagné à cela, mais

voyais

voyais donc un peu c'qu'c'est q'les mauvaises langues , n'me serais-je ¡as fait
tort à moi-même , en fsant c'qu'vous dit là.
Le curé. Mais si vous en aviez été bien
payée. *Claudine.* Eh q'non, eh q'non j'en
mangeons pas d'ce pain-là , ah pardine
oui et pis, s'fair pande après. — Je te
supprime ici le reste du dialogue , quoique très long encore. Le fait est que jamais Claudine n'avouât rien dans cette
première visite ; et que tout ce que nous
pûmes obtenir d'elle, ne voulant point
encore la convaincre par les faits , fut de
se retirer sans colère , et sur-tout avec
la promesse de ne rien dire de ce qui venait de se passer. Partez, monsieur , me
dit le curé, dès qu'elle fut sortie , je
vous réponds de tout approfondir avec
cette femme. Il faut que je la voie seule ,
votre présence la gêne. Laissez-moi une
adresse, je vous écrirai dès que j'aurai su
quelque chose ; et vous vous rendrez ici
pour recevoir ses dernières réponses. Reconnaissant dans cet homme, et de la

X

sincérité et de l'envie de m'obliger, je consentis à ses arrangemens, lui laissai l'adresse d'un ami, et m'en revins attendre de ses nouvelles, avec la ferme résolution de pousser vivement l'affaire, s'il ne m'écrivait pas bientôt.

Le cinquième jour je commençais à m'impatienter, lorsque mon ami m'envoya une lettre qu'il venait de recevoir pour moi, par laquelle le curé m'invitait à venir dîner chez lui le lendemain, pour y apprendre, de la bouche même de Claudine, des événemens très-extraordinaires, et que j'étais bien loin de soupçonner.

Ce n'est pas sans peine, me dit cet honnête homme, dès qu'il m'apperçut, ce n'est pas sans promesse, et même sans un peu de rigueur, que je suis parvenu à tout découvrir; mais, enfin, nous tenons le secret, et vous allez en être instruit. — Monsieur, répondis-je, vos engagemens seront remplis; toutes les récompenses que vous avez pu promettre seront acquittées; mais quelques mystérieuse, que doivent

être nos opérations, quelque certitude que
je puisse vous donner qu'une telle cause
ne sera jamais jugée, il faut pourtant
qu'à tout événement les plus sages précautions soient prises ; ainsi, jetez les yeux
sur deux de vos paroissiens, gens nota-
bles, discrets et bien famés, que nous
placerons, si vous le voulez bien, près du
lieu où nous allons entendre Claudine, afin
qu'ils puissent certifier ses aveux au besoin.
— Je n'y vois point d'inconvéniens, me
dit le curé, et dans l'instant il envoya
prendre deux fermiers, dont il étoit sûr,
leur fit jurer le secret et les cacha derrière un rideau de l'autre côté duquel fut
placé la chaisse destinée à Claudine ; elle
arriva, et le pasteur l'ayant engagée à
répéter les mêmes choses qu'elle lui avait
dites ; elle convint devant moi des trois
faits suivans :

1º. Que, monsieur de Blamont s'était
transporté chez elle le 13 août, surveille
de la prétendue mort de *Claire*, et lui
avait dit qu'il destinait à cette fille un

X 2

sort des plus avantageux ; mais qu'il avait
à faire à une femme pigrièche , qui se
déclarait contre l'établissement qu'il pro-
jettait pour cet enfant , parce qu'il s'agissait d'aller aux indes ; que ne voulant ,
ni faire perdre à sa fille le riche mariage
qu'il lui destinait , ni heurter de front les
volontés de sa femme , il avait imaginé
de faire passer cette petite fille pour
morte , de l'élever secrètement loin de
Paris , et de ne déclarer la fraude à sa
femme que quand la jeune personne serait
mariée ; mais que le consentement de la
nourrice était nécessaire à la réussite de
son projet ; qu'il lui demandait donc avec
instance de ne pas s'opposer à une légère
ruse , dont il ne devait résulter qu'un bien ;
que , elle , ne voyant rien à cela contre sa
conscience , avait consenti à répandre le
faux bruit de la mort de cette *Claire* ,
moyennant que le président la dédommagerait , ce qu'il avait fait sur-le-champ ,
par un présent de cinquante louis , et que

dès le lendemain elle avait tout préparé
pour le succès de la feinte.

2°. Qu'ayant mûrement réfléchi toute la
journée du quatorze, au sort heureux dont
le président lui avait dit que devait jouir
la petite *Claire*, et sa fille à elle Claudine,
se trouvant d'une ressemblance très-singulière avec celle du président, elle avait
imaginée de mettre l'une à la place de
l'autre, afin de faire le bonheur de sa
fille ; qu'en conséquence de cette résolution, elle avait préparée les deux ruses à-
la-fois ; qu'elle avait mis sa petite fille dans
le berceau de *Claire* ; qu'elle avait envoyée
Claire comme son enfant chez une de ses
voisines, en prétextant que le mauvais air
était dans sa maison, et qu'elle n'y voulait pas exposer sa fille ; que cette première scène arrangée, elle s'était occupée
de l'autre ; qu'elle avait publié la maladie
de la fille de monsieur de Blamont, et peu-
à-près sa mort ; qu'elle avait mis le cadavre
d'un chien dans une boîte de plomb devant
le président même, accouru de Paris sur la

nouvelle de la maladie de sa fille ; que le
service s'était fait, en conséquence, à la paroisse, et que monsieur de Blamont trompé
comme il avait voulu tromper les autres,
avait emmené dès le soir même la fille de
Claudine au lieu de la sienne.

3°. Que, se trouvant encore tout son
lait, elle avait sollicité des nourritures,
et que huit jours après l'événement, dont
il vient d'être question, madame la comtesse de Kerneuil, venue de Bretagne à
Paris, pour recueillir une succession essentielle où sa présence était plus nécessaire que celle de son mari, était accou-
chée d'une fille presqu'en arrivant ; que
cette fille, confiée aux soins de l'accou-
cheur, qui protégeait Claudine, avait été
conduite dès le lendemain chez cette Claudine, pour y être nourrie avec le plus
grand soin ; cet enfant établi au Pré-Saint-
Gervais y avait reçu une seule fois la
visite de sa mère ; laquelle obligée de
repartir fort vîte pour Rennes, avait vivement recommandé sa fille à Claudine,

assurant qu'elle enverrait sans faute, une voiture et une femme à elle, reprendre cette petite dans deux ans, avec une forte récompense à la nourrice. Mais qu'au bout de trois mois cette petite fille, nommée Elisabet, était morte, et qu'elle, Claudine, pour ne pas manquer la récompense promise ; très-peu attachée à la petite *Claire* qui lui restait du président de Blamont, elle avait fait une nouvelle fourberie, quand la femme de madame la comtesse de Kerneuil était venue ; qu'alors elle avait mis Claire à la place d'Elisabet, et avait publié que c'était sa fille qu'elle avait perdue ; qu'elle avait soutenue cette fraude essentielle au maintien des autres, envers le curé même, à qui elle avait fait enterrer Elisabeth de Kerneuil, sous le nom de sa fille.

Ces expositions, comme tu le vois mon cher Déterville, établissent donc l'existence, présente ou passée, de trois enfans 1°. Claire de Blamont, crue morte, et réellement mise à la place d'Elisabeth de

Kerneuil, devant exister à Rennes aujour-
d'hui sous ce nom. Voilà où est la fille de
madame de Blamont.

2°. Jeanne Dupuis, fille de Claudine,
enlevée par le président, élevée à Berceuil,
sous le nom de Sophie, existante maintenant à Vertfeuille.

3°. Et, enfin, Elisabeth de Kerneuil, très-
effectivement morte à trois mois chez
Claudine, et enterrée dans la paroisse du
Pré-Saint-Gervais, sous le nom de la fille
de Claudine.... De cette fille déjà cédée
par elle au président, et n'existant plus
que fictivement chez elle dans Claire de
Blamont, donnée ensuite à madame de
Kerneuil.

Telles sont les fraudes et les suppositions
de cette malhonnête créature ; mais comme
nous devions user de finesse, nous avons
eu l'air de rire de ses atrocités, et nous
l'avons congédiée avec dix louis, après
lui avoir fait signer ses aveux et le serment
sur l'évangile qu'elle n'en imposait en rien ;
les témoins ont signé de même : je t'envoie

les originaux de ces actes, et tout étant fini nous nous sommes juré mutuellement le mystère, ne nous réservant d'établir juridiquement nos preuves, que si le cas le requérait.

Le curé voulait que j'écrivisse à madame de Kernenil, c'est l'affaire de madame de Blamont, ai-je dit; je vais l'instruire, elle agira comme elle le jugera à propos: notre rôle à nous, est de soutenir au besoin tout ce que nous savons, et de ne rien réveiller; il s'est rendu à mes raisons, et nous nous sommes quittés.

L'impossibilité où je suis maintenant de donner des conseils à madame de Blamont, dans ce flux et reflux d'événemens prodigieux, m'engage à taire mes réflexions; mais j'oserai pourtant lui dire qu'elle doit continuer d'écouter sa pitié et son cœur dans ce qui regarde la malheureuse Sophie, avec les précautions très-essentielles de ne la rendre ni au président ni à sa mère: deux êtres qui ne feraient assurément pas son bonheur. A l'égard de Claire, la réclamer, l'enlever à madame de Kerneuil, auprès de laquelle elle est sans doute fort heureuse, et cela pour la rendre à un père qui dès le berceau avait conspiré contr'elle; serait-ce travailler à sa félicité ? Madame de Blâmont doit, ce me semble, s'informer seulement du sort de cette fille, et si ce sort est tel qu'il doit l'être, cette jeune personne, appartenant à une femme titrée, établie dans la capitale d'une grande province, il faut l'en laisser jouir. Quelque sacrifice qu'il en coûte au cœur de notre amie, parce qu'en plaidant elle gagnerait sans doute; mais toute riche qu'elle est, donnerait elle à cette cadette le sort qu'elle lui fairait perdre en qualité d'héritière unique de la maison de *Kerneuil*, titre certifié par Claudine.... Non, en vérité, elle ne l'a dédommagerait point. Qu'elle combine donc et agisse d'après cela, ayant toujours devant les yeux le danger extrême de remettre cette fille entre les mains de son mari : pese ces raisons, Déterville. Je sens bien qu'il y a

une espèce de frande malhonnête à laisser
subsister celle de la nourrice, que c'est
frustrer les véritables héritiers de madame
de Kerneuil, et prendre par conséquent
un parti blamable. Mais en adoptant l'autre,
que de nouveaux crimes à redouter; est-il
donc contre la conscience de l'honnête
homme de prendre entre deux maux certains, celui qui lui paraît le moins dangereux. Pour quant au président tu vois,
mon ami, que le crime n'en est pas moins
dans son ame, et que s'il ne l'a pas
commis, c'est qu'il a trouvé des entraves
par le crime opposé de la Claudine, comme
si c'était une des loix du sort, que de
petits forfaits dussent toujours arrêter
l'effet des plus grands .... vérité terrible
qui nous fait voir l'affreuse nécessité du
mal sur la terre, qui nous démontre que
ce ne sont que par de légers maux que les
plus grands se suspendent; ainsi que de
certains insectes qui nous gênent et dont
néanmoins l'utile existence nous empêche
d'être incommodés par de plus venimeux.

Quoiqu'il en soit, quelle horreur de noircir cette malheureuse Sophie, par des accusations graves, pour lui enlever jusqu'aux généreux soins de sa protectrice; on cherche toujours à rendre odieux ceux qu'on maltraite mal à propos, afin d'appaiser ses remords, et de légitimer ses injustices.... Mais ces deux fourbes ne se contentent pas d'un mensonge, ils y joignent la plus insigne calomnie....; quelle apparence que cette fille honnête, sensible et douce, quelque puisse être sa naissance, soit coupable de ce dont on l'accuse.... La Dubois, dont les aveux paraissent si vrais, et qui ne s'est tuée que sur ce qu'il était impossible qu'elle eût appris, n'a rien dit qui ressemblât à cela; vois comme la méchanceté s'alimente par ses propres effets; plus on lui donne, plus elle exige, et chaque frein qu'on lui laisse briser n'accroît que d'avantage l'ardent désir qu'elle a d'en rompre de nouveaux.

Je suis persuadé, mon ami, que le vice peut conduire l'homme à un tel point de

dépravation

dépravation, qu'il doit devenir comme impossible à celui qui le nourrit en soi de
concevoir même l'idée de la vertu ; dès-
lors, ou sa vie lui paraît fastidieuse, ou
il faut qu'il en empoisonne chaque minute
par ce venin qui le gangrène ; arrivé là,
il ne se contente plus de faire simplement
le mal, il veut même ne jamais faire le
bien, et son cœur abreuvé d'une perver-
sité d'habitude, éprouve aux impressions de la vertu la même sorte de douleur, que ressent l'ame du juste à la seule
idée du forfait ; et quel est le premier
vice qui nous entraîne à tous ceux-là ?....
Le libertinage... n'en doutons point il est
inoui ce qu'il éteint, ce qu'il détériore,
ce qu'il envenime ; inexprimable à quel
degré il relâche les ressorts de l'ame.....
Blase la conscience en la contraignant à
métamorphoser en plaisirs les retours fâcheux de ses erreurs, et voilà sans doute
ce que cette passion a de plus dangereux,
qu'aucune de celles qui dévorent l'homme,
puisque le souvenir des actions où les

autres le portent sont des remords cuisans,
d'affreuses jouissances dans celles-ci.

Le président est donc aussi coupable
qu'il peut l'être, je le dis à regret, j'arrache avec douleur le bandeau des yeux
de notre amie ; mais son époux la trompe
indignement ; il dit que Sophie n'est pas
sa fille, et assurément il doit être persuadé
qu'elle l'est, tout convaincu qu'il en doit
être, il la désire, il veut la r'avoir, et
pourquoi ? si ce n'est pour se venger de
ce que le hasard a donné pour asyle, à
cette malheureuse, la maison de sa femme ;
que madame de Blamont ne doute pas qu'il
ne tente tout pour la sortir de chez elle,
et qu'elle écoute son cœur dans les moyens
nécessaires à prendre pour s'opposer à ce
nouveau forfait.

Quel tableau, mon ami, que celui de
la douce et vertueuse Aline, entre les
mains de ces deux débauchés ; j'ai cru
voir Suzanne surprise au bain par les vieillards. ... Le voile de la pudeur arraché
par un père. ... Conçois-tu cette atrocité ?

t'imagines-tu que ses infâmes désirs ne s'allumaient pas à cette immodestie ? Ah ! pardonne mes craintes ; mais quelque motif qui l'ait pu retenir avec Sophie, maîtresse de son ami et crue sa fille, crois qu'aucun ne l'arrêterait ici, et que l'épouse de d'Olbourg serait bientôt la victime de la flamme incestueuse de Blamont.

Oh mon cher Déterville ! empêchons ces horreurs ; il me semble que depuis ce trait odieux, ma délicatesse est moins grande sur ce qui concerne cet homme ; je le poursuivrai partout s'il le faut ; je démêlerai jusqu'au plus secret replis de sa conscience ; l'enlèvement de cette *Augustine* me paraît encore une de leurs infernales machinations. Crois-tu que ce soit le simple plaisir de corrompre une fille qui leur ait fait commettre cette horreur ? eux qui savourent trois cents fois l'an les indignes plaisirs de ces séductions, eux qui..... Je gage que ceci tient à autre chose, ne perdons pas cette fille de vue.

Quelques remords qu'ait affiché le pré-

Y 2

sident, sois bien certain que ses promesses
ne sont que les fruits de sa confusion, ce
mouvement sort l'ame de ses tons ordi-
naires, il l'a tient long-tems énervée ; cependant je crois aux délais, mais c'est
l'hiver que je crains c'est l'instant de la
réunion que j'appréhende !

Tout ceci ne fortifie pas les droits de
madame de Blamont ; si on est obligé de
plaider, le président a voulu faire une
mauvaise action, sans doute, en projettant
d'enlever sa fille, mais l'action n'a pas eu
lieu, et Sophie se trouvant réellement
fille de Claudine, il soutiendra qu'il le
savait, qu'il ne l'aurait pas enlevée sans
cela, et Claudine, que décide un peu
d'or, se remettra facilement de son parti ;
il est certain que nous avons une preuve
des mauvaises intentions de cet homme, il
en a imposé à sa femme, il a voulu faire
passer *Claire* pour morte ; tout cela est bien
prouvé, e peut l'être juridiquement, lorsque
nous le voudrons ; mais ce ne sont pas là
des armes triomphantes, ce ne sont pas là

des choses dont il ne puisse se défendre au besoin, qu'il ne puisse nier, même dès qu'il le voudra. Peut-être eut-il mieux valu que Sophie se fut trouvée sa fille, les droits de madame de Blamont, contre ce perfide époux, devenaient d'une bien autre force; mais qu'à-t-il fait ici? un crime conçu, je l'avoue, mais rendu nul par les événemens; il n'a livré à son ami qu'une paysanne, et comment madame de Blamont se défendra-t-elle, quand il l'accusera d'avoir séduit cette créature et de l'avoir recueillie chez elle pour se procurer un moyen malhonnète de le priver de l'autorité qu'il a sur sa fille aînée? Tout le reste du roman ne fait rien à notre affaire; si *Claire* est aujourd'hui réputée fille de madame de *Kerneuil*, ce n'est plus sa faute c'est celle de *Claudine*, il a donné par ses démarches le premier mouvement d'action à cette faute, j'en conviens, mais il ne l'a pas commis, et cela ne l'empêchera pas d'obtenir de marier sa fille à son gré.

Tu vois comme moi, sur tout ceci, et
Y 3

tous les deux peut-être voyons-nous trop
en noir, ah! tu le sais, mon cher,
l'amour et l'amitié s'allarment aisément,
ce dernier sentiment est la source de la
crainte; l'autre fomente les miennes;
n'abandonne point, je t'en conjure, cette
malheureuse mère; je craindrais la solitude
pour elle, son ame encouragée par les
conseils, fortifiée par le charme de la
société de ta belle mère et de ta femme
succombera moins à ses tourmens, que si
elle était livrée à elle-même. Adieu, je
ne puis résister au plaisir d'écrire un mot à
ma chère Aline, et je vais le placer dans
ta lettre.

LETTRE XXV.

Valcour à Aline.

Paris, ce 22 septembre.

JE vous ai plaint, Aline, vous m'êtes
devenue plus chère encore pendant vos

souffrances ! Il faut aimer comme je le fais, pour sentir ce que j'ai éprouvé. Juste ciel! celui qui, par état, doit être le gardien de la vertu de sa fille, en devient donc le corrupteur? où ne conduisent pas les désordres d'une tête égarée, et d'un cœur sans principes?... Ils triomphaient, les monstres, pendant que triste, abandonné, en proie aux plus cuisantes inquiétudes, la seule pensée du bonheur qu'ils arrachaient n'eût osé seulement pénétrer mon esprit.... Aline, pardonnez-moi une question.... On ne se peint point les tendres sollicitudes de l'amour malheureux; on n'imagine point où va sa curiosité... Mais dans ce mouvement qui vous a fait fuir, entrait-il un peu d'amour à côté de la décence? étiez vous aussi fâchée de l'insulte à la pudeur, que de l'outrage fait à l'amant? L'un vous rend bien respectable à mes yeux; mais combien l'autre vous y rendrait plus adorable encore! et peut-être en l'état cruel où je suis, préférerais-je à vous voir une

vertu de moins, pour un degré d'amour
de plus, mais où se perd mon imagination ? Ne sont-ce pas ces vertus que j'aime?
et l'idole de mon cœur est-elle autre chose
que la réunion de toutes les vertus ? Ah!
fuyez, Aline, fuyez toujours le crime
quand il vous poursuivra ; que ce soit
amour ou sagesse, ne le laissez jamais
approcher de vous ; il ne peut vous atteindre, sans doute, mais qu'il n'ose même
vous approcher, imposez-lui par vos regards, contraignez-le par vos discours,
éloignez-le par vos vertus, et que son
existence soit impossible, dans tous les
lieux que vous embellissez.

Je vous enlève une sœur, Aline, une
sœur déjà votre compagne, pour vous en
rendre une à deux cent lieues de vous,
que vous ne verrez peut-être de votre
vie. Mais si la malheureuse Sophie ne
vous appartient plus par les liens de la
nature, que ceux de la pitié vous la
rendent toujours chère ; plus elle retombe
dans l'infortune, plus vous lui devez vos

soins. La nécessité où vous allez être de
vous en séparer, vous fera peut-être
venir l'idée de la rendre à sa mère; ne
lui désirez point un tel sort; gardez-vous
de la lui donner, elle achéverait de se
corrompre. C'est par un motif excusable,
sans doute, que Claudine a voulu l'éloigner d'elle; elle croyait, au moyen de
cette fourberie, faire passer à cette fille
la fortune immense que votre père assurait
devoir appartenir un jour à la sienne;
mais Claudine ne s'en est pas tenue là; elle
est visiblement coupable d'une autre
supercherie qui dévoile la bassesse de son
ame: elle est de plus très-intéressée;
voyant ses projets évanouis, peut-être par
des voies moins honnêtes, chercherait-elle
à faire retrouver à sa fille, la fortune que
n'a pu lui procurer sa première fraude. Le
village qu'elle habite est un de ces asyles
empestés, où la débauche de la capitale
vient se couvrir des ombres du mystère,
ne l'y envoyez point. Je vous réponds
qu'elle n'y serait pas long-tems en sûreté.

Les engagemens pris avec Isabeau, ont
des écueils, Déterville les a senti: ce
sera là où le président fera ses premières
recherches, s'il persiste, comme il paraît, dans l'extrême envie de l'avoir;
voyez donc, avec votre aimable mère,
ce qu'il y aura de mieux pour cette infortunée, et donnez-moi vos ordres, si
vous croyez que dans tout ceci je puisse
vous être utile encore. Cependant vous
voilà tranquille jusqu'à la fin du voyage.
Je l'imagine au moins; permettez que je
vous invite à mettre cet intervalle à pro-
fit, pour faire usage de vos jolis talens,
quel que soit l'état que le sort vous destine, vous les retrouverez sans cesse; ils
épanouiront la fleur de vos beaux jours, si le
ciel, comme je l'espère, vous en accorde
après tant de malheurs; ils calmeront
vos ennuis, si par une affreuse fatalité,
les épines doivent éternellement naître
sous vos pas, vous devez donc les cultiver
dans toutes les circonstances; je n'en vois
qu'une où peut-être ils seraient inutiles,

celle où destinés l'un à l'autre , il ne
pourrait exister d'instant où nous eussions
besoin de nous distraire des sentimens
que nous éprouverions.

Pardon des légères craintes qui s'apper-
çoivent encore dans ma lettre ; je les relis
avec peine , et n'ose les effacer ; qu'elles
ne vous effrayent pourtant point ; ne les
attribuez qu'à l'état de mon ame ; ne fré-
mit-on pas toujours pour ce qu'on aime ?

LETTRE XXVI.

Le président de Blamont à d'Olbourg.

Pa is, ce 26 septembre.

Non, ne te mêles pas d'éduquer cette
fille, fais-en ce que tu voudras, d'ailleurs ; mais ne laisse qu'à moi le soin

de la conduire.... C'est un trésor que
cette charmante *Augustine*.... Il y a là
tout ce qu'il faut pour réussir, ne t'en
inquiètes pas, je t'en conjure, tout est
perdu si tu t'en charges; tu n'entends
rien au grand art d'échauffer une jeune
tête. Cette science sublime qui nous rend
maître des ressorts de l'ame par l'influence
des passions, qui nous enseigne à mou-
voir tour-à-tour celle qui doit produire
un effet désiré; cette étude savante du
cœur humain qui nous en développant les plis les plus secrets, nous montre en même-tems sur quelle touche il
est bon d'appuyer, les différens usages
qu'on doit faire de la louange et de la
flatterie; l'indulgence qu'il faut avoir encore pour de certains préjugés; le genre
de ceux qui ne nuisent pas, l'espèce de
ceux essentiels à déraciner, les nouvelles
lumières qu'il faut jetter sur tous les
objets; la philosophie qu'il faut répandre, la sorte de délicatesse bonne à mettre
en œuvre en raison de l'âge; du sexe

ou

ou de l'éducation du sujet que l'on veut
corrompre, jusqu'à quel point on peut
s'aider du physique ; la manière de
manier l'orgueil, de profiter des faiblesses trouvées, de les étendre ou de les
changer de but ; la façon d'étouffer les
remords, de les remplacer par des sensations douces, d'employer enfin au vice
qu'on désire, jusqu'aux vertus que l'on
découvre ; toutes ces profondes subti-
lités du grand secret de la séduction, sont
en un mot ignorées de toi, ne t'en mêles
donc pas, mon ami, laisse-moi faire et je
réussirai.

Il y a ici quelque chose de bien singulier, c'est que, de la science d'interroger
juridiquement, naît celle de séduire criminellement ; car, que sont nos interro-
gatoires captieux ? que sont-ils autre
chose que des subornations et des séductions épouvantables ?

Ainsi voilà donc un de ces cas plai-
sans, où l'art de la vertu d'éclat qui
nous élève et nous fait respecter, con-

Z

duit à l'art du crime secret qui nous dé-
grade et qui nous avilit. Sont-ce les extrémités qui se rapprochent ! ... Non, ce
sont les hommes qui se dépravent ; ce
sont les abus de la civilisation,... de cette
civilisation si vantée, qui ramène l'homme
à l'état de la bête, bien plutôt qu'elle ne l'en
tire, qui le courbe, qui l'asservit sous le
joug pesant de l'oppresseur, en faisant adroi-
tement passer à celui-ci toute la somme
de félicité dont il prive l'autre, au nom
de Farinacius, de Jousse et de Cujas (1). ...

---

(1) Imbécilles cuistres, ou plutôt espèce de
démoniaques qui ont passé leur triste et malheureuse vie à prouver à d'autres pédans
en combien de manières différentes on pouvait se permettre de se défaire de ses semblables, et qui ont tranquillisé la conscience
de ces pédans, sur la foule d'atrocités ju-
ridiques qu'ils commettent, par un million
de sophismes, plus diffus, plus absurdes
les uns que les autres. Le démoniaque Jousse,

Qu'importe, profitons-en et taisons-nous ; quand le chameau baisse les reins et s'age-nouille, le voyageur monte dessus et le gouverne, sans s'aviser de calculer ses forces, il ne s'étonne que de l'ineptie de l'animal qui ne sait pas connaître les siennes. Mais revenons.

A toutes les armes indiquées ci-dessus, je joindrai, comme tu sens bien, le mobile puissant de l'intérêt, véhicule certain sur ces êtres subalternes, qui ne concevant jamais le crime en grand, ne

---

par exemple, l'un des plus fameux de la bande, a prouvé invinciblement, que moins il y avait de preuves pour condamner un homme à mort, plus il était certain que cet homme la méritait. — Je le demande, quel est le plus coupable envers l'humanité, ou de Cartouche, ou d'un insigne coquin, capable d'écrire des horreurs aussi dangé-reuses, et qui viennent d'être depuis quelque tems si criminellement exécutées. *Note de l'Editeur.*

Z 2

consentent à risquer l'échafaud que dans
l'espoir d'une fortune. Pour la demoiselle *Sophie*, j'avoue qu'elle m'échauffe la
tête, aller chercher une retraite chez ma
femme ;.... et cette respectable épouse ne
pas m'avertir aussi-tôt ; s'étayer myste-
rieusement de tout cela pour me tenir
en bride ;..... eh ! non, non, ma charmante ; ce n'est pas à vous à jouer au
fin avec moi ; défendez-vous, et ne com-
battez pas, une seule de mes ruses ferait échouer si j'en prenais la peine,
toutes celles dont vous accoucheriez pendant dix ans. Oh ! voilà des délits trop
graves pour être pardonnés ; le bien-
être de la société exige un exemple. J'ai
à répondre de ma conduite à tout le corps
des maris... Je serais un homme flétri,
rayé du tableau, comme disait Linguet,
si je laissais de telles fredaines impu-
nies..... Heureuse faute ! Quelle source
de délices je vais trouver dans votre punition ; chaque branche est une volupté ;..,
tranquillise-toi donc d'Olbourg, je te le

répète ; bois , mange .... et dors, je
réfléchirai sur tes plaisirs, et sur notre
tranquillité mutuelle : n'es-tu pas trop
heureux d'avoir un second tel que moi, un
ami qui ne te laisse d'autres soins que
celui de cueillir les fruits de tous les
forfaits dont il veut bien se couvrir pour
ton bonheur ; il est vrai que je risque
moins que toi. Je l'avoue, afin de mettre
ton cœur à l'aise, et de le dégager d'une
partie de la vive reconnaissance qui le
captiverait sans cela.

De la considération, mon ami, du crédit, de l'argent, une place, voilà tout
ce qu'il faut pour faire ce qu'on veut....
Je dis bien ,.... une place, ... oui, une
place à l'abri de laquelle on puisse se
mettre, en cas de besoin : .... car dans
les nôtres, par exemple, ce n'est pas de
se bien conduire qu'on exige, il s'agit
seulement d'y obliger les autres. Pour
peu qu'on ait fait rouer *magistralement*
une demi-douzaine de malheureux, on
peut mériter de l'être vingt fois soi-même,

si l'on veut, sans le plus petit danger, et voilà ce qui fait que j'aime la France à la folie. Cette impunité qu'y promet un peu de considération, cette assurance de pouvoir tout faire avec un harnois noir, et la caricature empoulée, roide et rigoriste qu'il faut pour en imposer au vulgaire, est une des choses qui me fera toujours préférer notre bonne patrie, à ces maudits royaumes du nord, où notre crédit se perd, où nos prévarications se punissent, où les peuples éclairés par le flambeau de la philosophie, commencent à croire qu'ils peuvent se gouverner sans nous, et où ils s'avisent d'être heureux sans la peine de mort.

LETTRE XXVII.

Madame de Blamont à Valcour.

Verfeuil, ce 28 septembre.

QUE de variations! que de choses! il semble que le ciel ne m'ait donné un cœur sensible que pour l'éprouver par les plus rudes combats..... Je serais bien plus heureuse si je ne sentais rien. Que je suis loin de croire à présent qu'une ame tendre soit un des plus beaux dons de la nature; elle ne nous l'a donnée que pour notre tourment..... Que dis-je? et quel blasphème osais-je proférer! N'est-ce pas une injustice à moi, que de prétendre à un bonheur sans mélange? En existe-t-il sous le ciel?..... La chose du monde la plus simple, est d'être née pour les revers.

Ne sommes-nous pas ici-bas, comme des
joueurs autour d'une table !... La fortune
favorise-t-elle tous ceux qui s'y trouvent?
et de quel droit osent l'accuser ceux qui
sèment leur or, au-lieu d'en recueillir?
Il y a une somme à-peu-près égale de
biens ou de maux, suspendue sur nos têtes,
par la main même de l'Éternel; mais il
est indifférent sur qui elle tombe; je
pouvais être heureuse, comme je suis infortunée; c'est l'affaire du hazard, et le
plus grand de tous les torts est de se
plaindre.... Eh! s'imagine-t-on d'ailleurs
qu'il n'y ait pas quelque jouissance,...
même dans l'excès du malheur; à force
d'aiguiser notre ame, il en augmente la
sensibilité; ses impressions sur elle, en
développant d'une manière plus énergique toutes les manières de sentir, lui
font éprouver des plaisirs inconnus à ces
êtres froids, assez malheureux pour n'a-
voir jamais vécu que dans le calme et
dans la prospérité: il y a des larmes si

douces dans nos situations, ces momens,
mon ami, ces instans délicieux, où l'on
fuit l'univers, où l'on s'enfonce dans un
antre obscur, ou dans le plus épais d'un
bois pour y pleurer tout à son aise,...
ou l'on se replie sous tous les sens de
son malheur, ou l'on se rappelle tout ce
qui l'agrave, ou l'on prévoit tout ce qui
va l'accroître, ou l'on s'en abreuve, ou l'on
s'en repaît.... Ces tendres souvenirs des
jours de notre enfance, où l'on ne les
connaissait point encore, ces longues et
pénibles réminiscences sur les divers événemens qui nous y ont plongé, ces som-
bres craintes de le sentir nous accompagner jusqu'à la mort,.... de voir ouvrir
notre cercueil par les mains livides de
l'infortune,.... et près de tout cela, cet
espoir si doux d'un Dieu consolateur,
aux pieds duquel vont se sécher nos
larmes, et commencer toutes nos joies;...
quoi, mon ami, tout cela ne sont pas
des voluptés? Ah! ce sont celles d'une

ame douce ; ce sont celles d'un cœur délicat ; laissez-moi-les goûter un instant avec vous.

Sacrifiée bien jeune (1) à un époux qui n'avait rien pour me plaire, et que je connaissais à peine (2), je n'en formai pas moins, dans le fond de mon ame, le plan des plus rigoureux devoirs.... Dieu sait

---

(1) Elle fut mariée à quinze ans ; elle va de trente-cinq à trente-six, lors du moment d'action de ces lettres ; elle accoucha d'Aline à seize ans : elle est grande, faite à peindre. Les traits les plus doux, les plus agréables, pétrie de graces et de talens.

(2) M. de Blamont avait quinze ans plus que sa femme, indépendamment des défauts de caractère assez prononcés dans ses lettres, pour donner une juste horreur de lui, il y a peu de figures plus repoussantes ; il a le regard effrayant, la bouche affreuse, le nez très-long, le front chauve et bas, le menton relevé, en perruque depuis son

si je les enfraignis jamais.... Je vis mes égards payés par des duretés, mes attentions par des brusqueries, ma fidélité par des crimes, ma soumission par des horreurs.

Hélas! je me crus seule coupable; je ne m'en pris qu'à moi de n'être pas aimée, malgré les louanges dont j'étais enivrées chaque jour; j'aimais mieux me croire des défauts ou des torts, que de supposer mon époux injuste : et contente d'avoir obtenu dans mon sein des preuves de son estime, si ce n'en était pas de son amour, tous mes sentimens se portèrent dès-lors sur ces gages sacrés.... Eh bien! me disais-je, je serai l'amie de mes enfans, puisque je n'ai pas été assez heureuse pour être celle de mon époux; ils me consoleront de ses duretés, et je

enfance; une taille longue, frêle, voûtée, à poitrine plate, un son de voix rauque et cassé, et malgré tout cela, beaucoup d'esprit et quelques connaissances.

trouverai dans leurs bras la félicité qu'on
m'enlève. Que de projets ne formé-je pas
dès-lors pour la leur ! je n'appaisais mes
maux que par ces idées ; elles seules par-
venaient à fermer mes paupières, je ne
m'endormais paisiblement qu'avec elles....
Je ne voyais plus de revers dès que je
croyais avoir trouvé ce qui devait rendre
heureux mes enfans. Le ciel ne voulait
pas, mon ami, que ce fût encore là pour
moi la source du bonheur ; j'eus deux
filles, l'une m'est ravie au berceau ; je
la retrouve quand je ne peux jamais la
revoir.... On veut que l'autre soit aussi
malheureuse que moi ; et qui,.... qui
m'assaillit de tous ces maux ? qui me fait
avaler, jusqu'à la lie, la coupe amère
de l'infortune ? celui que j'ai toujours respecté,.... chéri ; celui que l'on m'avait
donné pour être le soutien de mes jours,
et qui n'en a jamais été que le destruc-
teur :.... celui qui s'est tout permis envers
moi, ... envers moi qui aurais mieux aimé
perdre la vie que de lui manquer en
quoi

quoi que ce fût.... Celui que je regardais comme mon père après la perte du mien.... Comme mon ami,.... comme mon époux, et qui n'était que mon tyran et mon persécuteur.

Allons, je me tais, Valcour... Je me tais, vous pleurez en me lisant, je le vois, je veux bien mêler mes larmes aux vôtres, mon ami, mais je ne veux pas vous en faire répandre que ma main ne puisse essuyer.. Oh! comme nous eussions été heureux cependant... Vous... Mon Aline... Et moi, quels jours sereins et purs eussent été filés pour tous trois... Avec quel calme je serais arrivée près de vous, aux bornes de ma vie! ma vieillesse n'eut été qu'un printemps, les yeux fermés par la tendre main de l'amitié, je me serais plongée dans le cercueil avec la tranquillité du bonheur, au lieu de cela j'y descenderai seule, nul ami ne daignera m'y soutenir, je n'en aurai plus au bord de mon tombeau... Eh bien! voyez comme je retombe malgré tout dans le sombre que je veux éviter.... Non... j'ar-

rèterais en vain la source de mes pleurs,
elles coulent malgré moi... Mille nouvelles
idées me tourmentent... Si vous êtes malheureux, c'est ma faute, je ne devais pas laisser
naître en vous une passion que je ne pouvais couronner; je ne devais vous laisser
connaître ni Aline, ni sa triste mère; aujourd'hui nous aurions tous bien des chagrins de moins, et l'on ne se console jamais
de ceux qu'on donne aux autres.... Mais
tout n'est pas désespéré..; non Valcour,
tout ne l'est pas, recevez encore un peu
d'espoir de votre bonne et sincère amie, de
celle qui désirerait avec tant d'ardeur, mériter ce titre avec vous.... Non Valcour,
tout n'est pas perdu... Ce barbare époux
peut réfléchir, ce monstre qui le suit par-
tout, et qui vous persécute avec tant de
furie, sentira peut-être qu'aucuns des plaisirs qu'il espère ne peuvent se rencontrer
avec celle qui n'a pour lui que de la haine,
j'ai besoin de le penser et de le croire; l'illusion est à l'infortune, comme le miel dont
on frotte les bords du vase rempli de l'ab-

sinthe salutaire présentée à l'enfant, on le trompe, mais l'erreur est douce.

Comme il m'a abusé cet homme... Je le croyais, on se livre si vite à ce qu'on désire! le malheureux qui fait naufrage saisit avec tant d'empressement le bras qu'on lui tend pour le sauver... Peut-il imaginer que c'est pour le repousser dans l'abyme!... Hélas! vous avez bien raison, il me trompait autant qu'il était en lui, il devait croire Sophie, sa fille, rien ne pouvait l'en dissuader, et ce n'est pas dans de tels cœurs que la nature fait des miracles... Il la croyait telle, et il jurait qu'elle ne l'était pas, le crime est donc dans son entier, et ce que j'ai obtenu de sa fausseté, n'est donc plus que le fruit de sa honte... Ce sentiment mène au dépit, et le dépit a tout dans de telles ames... Quoiqu'il en soit j'ai des parens, je n'en suis point abandonnée... Je me jetterai dans leurs bras, ils me sauveront, je les implorerai pour mon Aline et pour moi, ils ne voudront pas nous perdre toutes deux... Mais changeons

de propos. Valcour, laissez-moi vous rendre
compte des projets et de mes démarches,
car avec ce langage de la plainte mon
cœur s'altère à tout instant.

Vous imaginez bien que je n'ai pu tenir
à l'envie de savoir au plutôt des nouvelles
d'*Elisabeth de Kerneuil*. Quelque soit le sort
qu'elle éprouve, il m'intéresse trop réellement pour que je n'aye pas desiré de l'éclaircir. Déterville a écrit sur-le-champ à un de
ses parens à Rennes, il le supplie de nous
donner sur cette jeune personne le plus de
lumières qu'il lui sera possible... Nous attendons; ma situation dans ce cas-ci, est
très-embarrassante, ... vous l'avez senti;
j'ai, sans doute, le plus grand désir de
posséder cet enfant, mais quel droit au-
rais-je à son cœur?

Le seul titre de mère que je pourrais lui
alléguer, me méritera-t-il sa tendresse?
n'est elle pas due toute entière aux parens
qui l'ont élevée?... Et puis, travaillerai-je
pour le bonheur d'Elisabeth en réunissant
à la ravoir? Le sort, où qu'elle a déjà, ou

qui lui est réservé, ne sera-t-il pas toujours
préférable à celui que je pourrais lui faire,
comme cadette ?.... Et les inconvéniens de la
rendre à un père qui peut-être, ou ne voudra pas la reconnaître, ou ne verra dans
elle qu'une victime de plus à son insigne
libertinage......; ces dangers effrayans les
comptez-vous pour rien Valcour ?... Non,
j'aime mieux la laisser où elle est ; que je
sache seulement qu'elle est heureuse; que
je puisse faire connaissance avec elle, la
voir une fois, l'aimer toujours, et je me
croirai trop contente ; mais si cette faible
jouissance est refusée à mon ame tendre,...
oh, Valcour ! je serai encore bien infortunée ; heureusement je sais l'être, et
mon cœur est dans un tel état d'abatte-
ment qu'une secousse de plus ou de moins
n'est absolument rien pour lui. Il y a l'histoire des biens qui chagrine un peu ma
conscience ; puis-je laisser ma fille jouir
d'une fortune qui ne lui appartient pas ?
dois-je en priver les héritiers légitimes ?
Non, sans doute ; cette circonstance vous a

frappé comme moi ; mais mon ami , je dirai
aussi comme vous , entre deux maux terribles , choisissons le moindre. A l'égard
de Sophie , voici ce que nous avons fait ,
je ne sais si vous nous approuverez.

Qu'elle appartînt ou non au président ;
Déterville nous opposait toujours le danger
certain de la replacer à Berceuil ; et l'impossibilité de l'y remettre devenait d'autant
plus fâcheuse , que la variation de son sort
lui rendait fort doux celui que nous avions
arrangé pour elle dans ce village ; j'objec-
tais à Déterville qu'il n'avait pas trouvé
d'obstacles à l'établissement de cette fille à
Berceuil , dans les premiers momens où
nous l'avions conçu , ne la croyant pas fille
légitime , et que je n'entendais pas pourquoi il en trouvait maintenant qu'elle n'appartenait ni au mari ni à la femme ; il me
répondit qu'il avait foncièrement désapprou-
vé ce parti dans toutes les circonstances ,
mais que plus les recherches du président
paraissaient évidentes , plus il croyait Berceuil dangéreux. Qu'elle fût sa fille ou

non, nous ne devions pas douter à-présent
du désir qu'il avait de la ravoir, que dès
qu'il la saurait hors de Vertfeuille, il ne
manquerait pas d'envoyer chez *Isabeau*, et
qu'alors au lieu de sauver *Sophie*, il est
clair que je la sacrifiais ; ... je me suis
rendue; nous avons donc décidé, un cloître
à Orléans, où nous travaillerions à lui
faire prendre le goût de la retraite, et à
l'enchaîner au bout de quelques années
par des vœux, si elle n'y sent aucune répugnance ; et ce sort quelque dur qu'il
puisse être, la dérobant à celui bien plus
fâcheux sans doute, que lui aurait réservé
la vengeance de ses deux persécuteurs,
nous parut décidément le plus sage de
tous.

Il s'agissait de prévenir cette infortunée
des changemens de son sort et de sa naissance, j'y prévoyais trop de chagrin pour
vouloir m'en charger moi-même; notre ami
a rempli ce soin, après beaucoup de
larmes, comme vous l'imaginez aisément,
elle a d'abord témoigné quelque désir d'être

rendue à sa mère ; convaincue enfin du danger qu'il y avait à ce parti, elle a reclamée a chère Isabeau ; elle renonçait volontiers à la dot, au mariage, mais elle voulait demeurer avec Isabeau..... Autres dangers, et elle a enfin conçue ceux-là comme les premiers : « Il faut vous dérober » au président, lui a dit Déterville, il est » certain qu'il vous cherche, nous ne pou- » vons en douter, il est évident qu'il vous » traitera mal s'il vous découvre, une éter- » nelle retraite devient le seul parti qui « puisse vous garantir et de ses piéges et » de ses fureurs, vous y serez moins comme » protégé, que comme parente de madame » de Blamont, et vous y jouirez de cent » pistoles de pension ; ce sort là ne vaut » pas celui d'être sa fille, mais dès que de » malheureuses circonstances vous enlèvent » cette douce satisfaction, vous serez mieux » là qu'en nul autre endroit ». Eh bien ! j'irai s'est-elle écriée, en larmes ; je suis à charge à tout le monde ; je ne puis trouver d'abri sur la terre, que l'on me mette où

l'on voudra, je serai par-tout pénétrée de
reconnaissance des bontés de la dame qui
veut bien ne pas m'abandonner ;... dès
que je l'ai su dans cet état, j'ai couru l'embrasser, elle s'est précipitée dans mes bras,
toute en pleurs, et m'a prodiguée les choses
les plus tendres et les plus flatteuses ; en
rité, mon amie, il y a des instans où mon
cœur l'emporte sur les réalités que vous
nous avez apprises..... Il est impossible
que les vertus de cette ame charmante se
trouvent dans la fille d'une paysanne dépra-
vée, telle que vous nous avez peint cette
Claudine. Mais il fallait s'en tenir aux
preuves et l'arracher ; nous l'avons donc Aline
et moi, avant-hier conduite aux Urselines
d'Orléans dont je connais la supérieure,
je l'ai recommandée comme une parente,
et placée sous le nom d'*Isabelle-des-Ganges*,
avec mille livres de rentes, dont l'acte lui
a été passé sur-le-champ, je n'ai point caché mes motifs de mystère à la supérieure,
j'y ai interressé sa religion et sa pitié, elle
ne communiquera qu'avec moi pour tout

ce qui concerne cette jeune personne, et
cachera absolument son existence au reste,
entier de la terre. Mais je la verrai......
cette chère enfant...., je le lui ai promis,
elle me l'a demandée avec instance, elle
m'a dit qu'elle renoncerait plutôt à tout le
bien que je lui faisais qu'à cet engagement,
elle m'a demandé la permission de m'écrire,
et sur-tout de pouvoir faire passer quelque
chose tous les ans sur sa pension à Isabeau.
Ces deux demandes faisaient trop d'honneur
à son ame tendre pour être refusées ; je les
lui ai accordées de tout mon cœur, et nous
nous sommes quittées.... Quand elle m'a
vue prête à ouvrir la porte du parloir.....,
son ame a éclatée, elle a jettée ses jolis
bras au travers des grilles, elle a demandée
avec instance la faveur de baiser encore
une fois les mains de ses bienfaitrices :
nous sommes revenues sur nos pas, et la
douleur l'a suffoquée en nous embrassant
encore toutes deux...... Voilà donc l'être
que le président accuse, de fausseté, d'imposture et de crimes, ah ! puisse-t-il pour

le bonheur de ce qui lui appartient être
aussi pur que celle qu'il ose calomnier
ainsi.

Nous nous sommes retirées, et je vous
réponds qu'Aline n'était pas en meilleur
état que moi. Nous ne sommes pourtant
parties de la ville que le lendemain après
avoir appris que cette pauvre fille était aussi
bien qu'elle pouvait être pour sa situation,
elle avait devinée elle-même la mort de son
enfant, quand elle avait vue qu'on ne lui
en parlait pas. Mais Déterville l'avait si
bien ramenée à la raison sur cet objet, que
sa douleur a été beaucoup moins vive que
nous ne l'aurions cru.

Pendant que j'agissais de ce côé, Deter-
ville allait de l'autre rompre nos engagemens de Berceuil ; la bonne Isabeau a été
désolée, je n'ai pu résister au charme de
lui laisser une petite somme sur l'argent
que je retirais du curé, ainsi qu'une autre
à ce bon pasteur pour les malheureux de sa
paroisse. Il est si doux mon ami de faire
un peu de bien, et à quoi servirait-il que

le sort nous eût favorablement traité, si
ce n'était pour satisfaire tous les besoins
de l'infortuné? nos richesses sont le patri-
moine du pauvre, et celui qui ne sent pas
le plaisir de les soulager, a vécu sans connaître et la véritable raison pour laquelle
il était né plus à son aise qu'un autre, et les
plus doux charmes de la vie.

Toutes nos opérations terminées, nous
nous sommes réunis, nous nous sommes re-
gardés, comme le feraient des gens, qui
du sein de la tranquillité auraient subite-
ment passés dans celui des angoisses et des
tribulations, et, qui voyent enfin le calme
renaître...... Je dis le calme, car j'y crois,
et ne vois absolument rien qui puisse le
troubler jusqu'à notre retour à Paris. Alors,
mon intention est de demander de seconds
délais, de contenir du mieux que je pourrai
le président, avec le peu de moyens que je
retire de tout ceci, et d'armer enfin mes
parens s'il le faut; car soyez-en bien sûr,
il n'y aura que la force qui pourra me décider à sacrifier ma fille au scélérat qui la
désire....,

desire....., et si je gagne ma cause, en faveur de qui sera-ce ?.... Connaissez-vous
l'homme à qui je la destine ?.... C'est au
plus digne de la posséder...C'est au meilleur
ami de mon cœur.

LETTRE XXVIII.

Aline à Valcour.

Vertfeuil, ce 8 octobre.

OH Valcour! vous avez partagé mes
peines.....; elles ont pénétrées votre cœur!
Combien me sont précieux les témoignages
que vous m'en donnez! Je pardonne moins
à mon père tout ce qui s'est passé que sa
funeste liaison avec ce vilain homme. S'il
pouvait perdre ce malheureux ami, je suis
sûre qu'il redeviendrait plus honnête, il
plus d'esprit que ce monstre, et pourtant il

est entraîné par lui. Perfide effet du vice!...
Je le haïssais tant, que je croyais que pour
séduire, il lui fallait au moins des charmes,
je me trompais, grand Dieu! vous le voyez,
il y réussit en n'offrant à nud que sa lai-
deur.

Vous me demandez, mon ami, si l'amour
avait autant de part que la décence au mouvement qui m'a fait fuir? ah! comment
voulez-vous que je puisse distinguer entre
ces deux effets.... Ce que je crois..., ce
que je sens, c'est que l'amour les réunit,
les confond tous si bien en moi, qu'il
n'est pas une seule pensée de mon esprit,
pas un seul mouvement de mon cœur qui
ne soit dû à ce premier sentiment; il diri-
gera toujours tous les pas que vous me
verrez faire, et quand vous exigerez de
moi de vous dévoiler des motifs; je ne vous
offrirai jamais que mon amour.

J'ai bien pleuré cette pauvre Sophie,
quels revers!.... Hélas! elle se croyait
ma sœur, aujourd'hui la voilà fille d'une
paysanne trop indigne d'elle pour qu'on

ose même la lui rendre ; elle n'y perdra rien, ma mère m'a promis de la regarder toujours comme sa fille, je lui ai juré de l'appeller toujours ma mère, et de lui conserver à jamais tous le sentimens de ce titre.. et celle à qui je les dois réellement.... Je ne la verrai donc jamais.?... Qui sait ?... Déterville a écrit; nous attendons. Ah ! comme je ferais de bon cœur le voyage de Bretagne pour aller l'embrasser !.... Mais je ne voudrais pas qu'elle sut que je lui appartins. Je voudrais faire accidentellement connaissance avec elle, pour voir si nos caractères se conviendraient.... Si elle finirait par m'aimer..... Pour moi, je sens que je l'aime déjà..... ; ah ! chimères que tout ceci ! Je parierais bien que je ne la verrai de ma vie.... Quelle fatalité ! que de dérangement !..... que de désordre dans une famille cause la cupidité d'une malheureuse nourrice ; je ne suis pas sévère ; mais convenez, mon ami, que de telles fautes ne devraient pas rester sans punition ?

Le comte de Beaulé est revenu nous voir,
je l'aime, il vous estime, oh, mon ami !
quel titre pour être chéri de moi ! J'étais
d'avis que ma mère lui confia nos peines....
Peut-être, le fera-t-elle, assurément il
nous servirait de tout son pouvoir. Julie
me disait hier que c'était un ancien amant
de ma mère..... Quelle histoire ! j'en ai ri,
le comte est bien plus vieux ; mais il était
jeune encore, quand ma mère entrait dans
le monde, et ils se connaissent depuis cette
époque.... Ah ! si jamais cette femme respectable avait due s'écarter des devoirs
pénibles et rigoureux que lui imposoit le
ciel, assurément le choix qu'elle aurait fait
du comte aurait bien excusé ses erreurs.
Oh, mon ami ! laissez-moi rire une minute
avec vous, la joie est si peu souvent dans mon
cœur, que vous devez bien un peu d'indulgence aux courts momens où je m'y livre ;
mais si elle était vraie cette folie que je viens
de dire, si j'étais la fille du comte de
Beaulé..... ; je gage que vous l'aimeriez
mieux..... Allons.... Je ne veux plus dire

d'extravagances, ma gaieté n'est pas assez
bien revenue pour cela...., celles-ci sont
tellement chimériques, que j'ai cru pouvoir me les permettre pour vous amuser un
instant. S'il est une femme au monde à qui
soit dû légitimement les titres de chaste et
de vertueuse, on peut bien dire que c'est à
celle-là! et quel mérite elle avait à s'en
rendre digne..... Vous le savez, mon ami...
Combien de fois lui ai-je vu déplorer dans
mes bras le poids du fardeau dont elle
était accablée.... Si cet homme cruel se
fut contenté de la négliger, elle eût trouvée dans son indifférence pour lui, des
raisons de pardonner ces torts-là; mais le
pervers... Changeons de propos, c'est mon
père, et je dois respecter dans lui jusqu'à
ses écarts.... Hélas! je le ferais sans peine,
si ces torts n'outrageaient pas la meilleure
des mères; mais ce que je dois à celle-ci,
me fait quelquefois oublier ce qu'exige
l'autre, et l'obligation de haïr le persécuteur de celle qui m'a porté dans son sein,
vient souvent m'affranchir des sentimens

B b 3.

dus à celui qui m'y plaça. Adieu, mon ami, ma tête s'attriste ; je ne veux pas vous ennuyer. Nos aventures...... La saison qui s'avance, tout cela dérange un peu et notre plan de vie et nos promenades ;.... oh ! combien voilà de tems que je ne vous ai vu !..... Près de sept mois, si vous voulez je vous dirais de même en jours, en heures et en minutes ; ces affreux intervalles sont mis par moi au rang des instans où je ne vis pas..... Ah ! si l'on retranchait ainsi de sa vie tous ceux où nul plaisir ne doit naître pour nous ; vivrait-on en tout plus de quatre ans ?

LETTRE XXIX.

Le chevalier de Meilcourt à Déter-
ville (1).

Rennes, ce 12 octobre.

JE désirerai, mon cher Déterville, pouvoir répondre, et plus au long, et d'une
manière plus satisfaisante, à la lettre que
vous m'avez fait l'amitié de m'écrire, mais
enchaîné par des considérations dont je dépends essentiellement, je ne puis vous
donner sur l'objet de vos demandes d'autres lumières que celles qui sont conte-
nues dans le peu de lignes que vous allez
lire.

Élisabeth de Kerneuil, douée de tous les

(1) Cette lettre-ci était incluse dans la sui-
vante.

agrémens de la figure et de l'esprit, mais
fille d'une mère qui ne pouvait la souffrir,
répondit fort jeune encore aux sentimens
du comte de Kerneuil, l'un des premiers
gentilhommes de Bretagne. Les obstacles
invincibles qu'ils éprouvèrent l'un et l'autre
à l'union qu'ils desiraient, furent causes de
deux malheurs qui ont à jamais perdus
ces jeunes gens. Le comte s'est expatrié,
il a servi quelque tems en Russie.... On l'y
croit mort ; avant que la nouvelle ne s'en
répandit, mademoiselle de Kerneuil avait
déjà fini sa vie d'une manière plus affreuse,
elle se tua dès qu'elle vit l'impossibilité d'appartenir jamais à l'objet de ses feux.... Son
père était mort depuis long-tems, sa mère
a terminée ses jours deux ans après l'événement qui trancha ceux de sa fille, et
comme mademoiselle de Kerneuil était
fille unique, les biens ont passés à des col-
latéraux.... c'est tout ce que je puis vous
dire, qui que ce fut que vous intérogeas-
siez dans notre province, ne vous répon-
drait pas avec tant de franchise, il alté-

rerait les faits, avec d'autant plus de vraisem-
blance qu'on avait fait courir des bruits très-
divers sur cette malheureuse aventure......,
vous eussiez sans doute desiré plus de détails, mais les liens que j'ai avec les deux
familles me les interdisent. Adieu, mon
cher cousin, j'exige votre parole, que ce
que je vous dis ne sera jamais révelé qu'aux
personnes qui vous chargent de m'écrire,
et que vous voudrez bien engager au
secret.

LETTRE XXX.

Madame de Blamont à Valcour.

Vertfeuille, ce 16 octobre.

Lisez et pleurez avec moi...., ne le sa-
vais-je pas, que je ne retrouverais cette
fille une minute, que pour la regretter éter-

nellement...... Elle était malheureuse.... Ah
comme je l'aurais aimé !..... elle s'est tuée
de désespoir..... Elle était haïe...... Funeste
erreur !... Tout cela fut-il arrivé sans l'infamie de cette nourrice ? sans l'affreux projet de mon époux ? J'aurais voulu de plus
grands détails, mais à quoi m'eussent-ils
servis ?.... je l'ai perdu !.... je ne la verrai
jamais !... Il faut étouffer tous les mouvemens de mon cœur, ah ! j'apprends depuis
tant d'années à leur faire violence, qu'un
sacrifice de plus ne devrait pas me coûter...
Valcour, écrivez-moi....; calmez-moi, vous
n'imaginez pas combien j'ai besoin de l'être,
mon cœur toujours déçu, veut les secours
de l'amitié, il lui faut un sentiment réel
pour le consoler de toutes illusions qui
l'égarent. En vérité, c'est un grand malheur d'être organisé moins grossièrement
qu'un autre, pour une ou deux jouissances
meilleures, on y trouve vingt tourmens de
plus.

L'excès des précautions que nous sommes
obligées de prendre, nous privera peut-

être de vous écrire aussi souvent que nous le faisions; cet homme cruel se fait informer de tout, et il n'y a pas une de ces manœuvres qui ne me fasse frémir. Cependant, ne vous inquiétez nullement, il ne se passera rien de sérieux que vous n'en soyez instruit aussitôt. Adieu, plaignez-moi et ne cessez jamais de m'aimer.

LETTRE XXXI.

Valcour à Madame de Blamont.

Paris, ce 22 octobre.

OUI, madame ; je l'avoue, trop de sensibilité est un des plus cruels présens que nous ait fait la nature ; en ce moment, cet excès fait votre malheur. Votre ame est d'une telle délicatesse qu'elle semble tou-

jours voler au-devant de toutes les infortunes pour s'en composer des suplices. On
dirait qu'elle aime à s'en nourrir, et que
cette manière d'exister comme plus vive,
devient celle qui lui va le mieux. Que vous
importe cette fille que vous n'avez jamais
connue? c'est bien assez de pleurer sur des
maux réels, sans regretter les plaisirs qu'on
n'a pu prendre. Avec cette façon de penser,
on se ferait des peines de tout, et l'on se
rendrait fort malheureux. Sans doute, notre
amour pour nos enfans doit être en raison
du leur pour nous; il me paraîtrait tout aussi
déplacé d'aimer un enfant qui nous haïrait,
qu'il est fou, (pardonnez-moi l'expression,)
d'en aimer un que nous ne devons jamais
voir. L'amour suppose des rapports, et
quels sont ceux qui peuvent exister entre
nous et un être inconnu? Peut-être trouverez-
vous mes moyens de consolation un peu
durs; mais il faut impitoyablement enlever
à un cœur aussi sensible que le vôtre, la
facilité pérpétuelle qu'il a de s'affliger; retrouvez dans le sein de votre Aline....; de
cette

cette Aline qui vous adore, les jouissances
que la mort de Claire vous dérobe; ah!
votre santé m'inquiète bien plus que cette
perte qui ne doit en vérité vous faire aucune impression! voilà une chose réelle à
ménager et qu'il ne faut pas sacrifier à des
chimères; songez que vous vous devez à
vous-même, à une fille qui ne respire que
pour vous, à des amis, au nombre desquels
j'ose me mettre, et que désolerait la plus
petite altération d'une santé qui leur est
si chère; j'apprends avec douleur que vous
voulez être quelque tems sans me donner
de vos nouvelles; je vous remercie de l'instant que vous avez choisi pour me le dire;
mon cœur uniquement rempli de vos chagrins, sent bien moins ceux dont cette menace l'accable.... Ne vous occupez que de
vous, madame, ne pensez qu'à vous, je
vous en conjure; je serai consolé de tout,
que dis-je, je serai toujours heureux, quand
j'apprendrai que vous souffrez moins. C'est
la seule chose que je vous supplie de ne
me jamais laisser ignorer.

C c

LETTRE XXXII.

Valcour à Aline.

Paris, ce 5 novembre.

QUEL silence ! je n'ai osé le troubler, mais en étais-je plus tranquille....., s'il m'était possible de vous voir ! je souffrirais bien moins de ces privations de lettres....; mais vivre sans vous entendre et sans vous contempler, Aline !... concevez-vous la violence de ce supplice ? et pourquoi ne vous verrais-je ? pourquoi ne m'accorderiez-vous pas une minute ? je sens toute l'étendue de la demande, je ne me rappelle qu'en tremblant qu'elle m'a déjà été refusée ; mais je trouve dans la force de mon amour, le courage de la refaire encore..... Pendant ces longues soirées..... J'arriverais déguisé..... Le plus profond mystère ensevelirait cette démarche..... Je me jetterais un instant... un seul instant aux pieds de votre respectable mère et aux vôtres, quel calme répandrait cette minute de bonheur sur le reste des jours malheureux que je dois passer encore loin de vous. Pouvez-vous exiger que ces jours...., ces jours infortunés qui vous sont consacrés, s'usent ainsi dans les larmes et la douleur ?.... Ah ! qu'il me soit permis d'acheter au prix de mon sang cette faveur que j'ose implorer !.... que je la paye de ma vie s'il le faut, je ne veux exister que ce seul intervalle, et j'abandonne, sans regrets, tous les momens qui doivent le suivre. Que me sont ceux où je suis condamné à vivre sans vous ! envain, Aline..., envain fais-je tout ce que je peux pour éloigner de moi ce désir violent, il renaît sans cesse dans mon cœur, toutes mes idées me le ramènent, je dois mourir ou le satisfaire.... ce qui me distraisait autrefois, m'est à charge, je parcours les beautés de la nature....; je l'étudie, je cherche à la surprendre dans ses secrets, et elle ne me montre jamais que mon Aline. Ayez pitié de votre ouvrage, ne me punissez pas de

C c 2

mon amour !.... ne cherchez pas sur-tout à
me calmer par des raisons, mon cœur
n'écoute plus que le sentiment qui l'entraîne, si vous ne le satisfaites pas Aline,
vous allez le réduire au désespoir..., et vous
n'échaperez pas à vos remords.... Votre
excès de rigueur aura fait deux malheureux, sans que quelques bienséances où
vous aurez inutilement sacrifié, vous donne
une vertu de plus.

LETTRE XXXIII.

Madame de Blamont à Valcour.

Vertfeuille, ce 12 novembre.

Oui, c'est moi qui réponds; votre Aline
est trop faible pour s'en charger, vous la
faites pleurer....; vous me faites du chagrin, vous vous en faites à vous-même, et

voilà ce me semble, tout ce qui résulte de
ce petit moment d'effervescence que vous
n'avez pu contenir. Ne sentez-vous donc
pas l'impossibilité de votre proposition,
et dans la circonstance où nous sommes,
pouvez-vous exiger une telle chose ? vous
dites que vous m'aimez, si cela est, ne
cherchez donc pas à me rendre plus malheureuse que je ne le suis; doutez-vous que
ce ne fut sur moi que retomberait l'orage
si la démarche était découverte ? Ah mon
ami! appellez ici au secours de votre raison
cette délicatesse qui caractérise si bien le
cœur qui m'a séduit.... Consultez-la, vous
verrez si elle vous permet de vouloir acheter
un moment de bonheur, au prix de celui
des gens qui vous aiment le mieux dans le
monde. Croyez-vous que cela put être igno-
ré, je suppose que cela fut, serais-je moins
coupable d'y avoir consenti, malgré la promesse que j'ai faite de m'y opposer. Je sais
bien que je n'ai rien à craindre de vous.
Votre honnêteté, vos vertus me rassurent
et l'amant assez délicat pour n'exiger un

rendez-vous de sa maîtresse qu'en présence
même de sa mère, ne deviendra jamais le
séducteur de celle qu'il aime, ainsi ce n'est
pas sur elle que tombent mes craintes..c'est
sur vous seul ... vous éloignerez votre bonheur..Que dis-je, vous le détruiriez à jamais.
Travaillons plutôt à l'obtenir un jour sans
mélange, qu'à le goûter ainsi par portion,
qu'à hazarder pour un moment heureux qui,
peut-être, ne réussirait pas, la certitude de
le savourer bientôt tout entier.... Non, je
m'oppose à cette fantaisie, je fais plus,
j'exige qu'au moins d'ici à quelque temps
vous ne m'en parliez plus...., vous qui in-
vitez les autres au courage...., est-ce ainsi
que vous en faites paraître ?.... Je vous
pardonnerais si vous aviez quelques motifs
de jalousie, mais vous êtes aimé, vous l'êtes
uniquement, rien ne peut agiter votre ame,
rien ne doit la porter au désespoir ; songez
que c'est moi...., moi qui vous aime peut-
être autant qu'elle, que c'est moi qui vous
défends de vous désesperer, et que c'est
moi que vous affligerez, si vous ne me

mandez pas que vous êtes plus sage. Oh
pauvre, philosophie ! est-ce donc de cette
manière que tu captives le cœur de l'homme;
est-ce donc ainsi que tu te rends maître de
ses passions !.. La voilà cette chere Aline..,
la voilà près de moi , qui pleure comme un
enfant...; *mais maman* , dit-elle , avec ses
deux grands yeux tout en larmes...., *il me
semble qu'un petit quart-d'heure....,* eh bien !
vous le voyez...., ne la grondez donc pas ,
elle le désire autant que vous, que cette
certitude vous calme....; mais cela ne se
peut pas, soyez bien sûr que si je n'y
voyais pas moi-même les plus grands dangers, je l'aurais peut-être imaginé la première, croyez-vous que je ne sache pas ce qui
peut convenir à l'amour. Je n'ai jamais
connu, dieu merci, cet espèce de délire ,
mais je le conçois, rassurez-vous donc, *vous
êtes aimé* , oui, j'ai voulu que ce mot fut
tracé par celle même qui l'écrit d'après son
cœur, on vous aime, on s'occupe de vous ,
on travaille pour vous , mais ne détruisez
pas l'effet de nos soins, et ne cherchez

pas à tout perdre pour un instant de satisfaction, qui ne servirait peut-être qu'à nous
replonger dans un abyme de tourmens et de
maux.... Oh mon ami ! pardonnez-moi....
Je sens bien que je vous rends malheureux,
aimez-moi assez pour me dire que non....,
pour m'assurer que vous avez déjà fait le
sacrifice de cette extravagance... Oui, dites
le moi, j'aime mieux que la victoire soit le
fruit de votre raison que de mes argumens,
à côté du bien que je fais, je n'aurais pas
du moins le chagrin d'imaginer que je vous
tourmente, ma jouissance sera toute entière, je serai sûre que vous avez été raisonnable par le seul effet de vos réflexions,
et je n'ai pas la douleur de déchirer votre
ame en vous écrivant les miennes.

LETTRE XXXIV.

Déterville à Valcour.

Vertfeuille, ce 15 novembre.

DEPUIS assez long-temps, tu dois t'être
apperçu, mon cher Valcour, que quand
les lettres sont de moi, il s'agit toujours
de quelques nouvelles catastrophes..... Eh
bien! voilà déjà la tête en l'air.... La philosophie hors de ses gonds, comme disait
l'autre jour une certaine dame de ta connaissance, à propos de ton ridicule projet....
plus de tranqui'lité....., plus de principes.....,
plus de bon sens !..... Qu'il faut peu de choses
pourtant pour faire un fou d'un homme
raisonnable, et souvent un être très-sensé
de la plus extravagante des créatures. Il
me prend envie de t'impatienter..., voyons..,
calculons d'un côté tous les événemens
que tu dois regarder comme heureux. Secondement, tous ceux qui peuvent t'être
contraires; troisièmement, enfin, tous ceux

qui ne te sont qu'indifférens. Il est bien certain que ce que j'ai à t'apprendre est dans l'une de ces trois classes, formons-les ; il serait possible d'abord que le président fut revenu ; qu'Aline fut enlevée,... possible qu'il se fut mis à la raison, qu'on t'attendit pour un mariage... extrêmement simple, que des inconnus fussent fortuitement arrivés à Vertfeuille, et nous eussent appris des choses très-extraordinaires ; n'est-il pas vrai, mon cher, que tous ces incidens sont dans la classe des choses possibles ? eh bien ! calme tes craintes sur le premier ; ne te livre pas tout-à-fait au doux espoir du second, et écoute pacifiquement le troisième.

Le soir que madame de Blamont t'écrivit, nous étions, elle, Aline, Eugénie et moi, à raisonner sur ta folie ; M. de Beaulé jouait aux échecs avec madame de Senneval, il était environ huit heures du soir, le ciel très-obscur se remettait à peine d'un ouragan épouvantable, lorsque tout-à-coup nous entendîmes un homme à cheval, faire retentir la cour de son fouet,... de ses cris,

et appeller à lui de toutes ses forces.... On
ouvre les portes, les valets courent. — On
éclaire, madame de Blamont frémit, Aline
et elle s'imaginent revoir encore le terrible objet de leurs craintes, le comte lui-
même tout *échec* et *mât* qu'il est, vole avec
moi à la suite des valets, et nous amenons
enfin dans le premier anti-chambre, un
malheureux domestique mouillé jusqu'aux
os, croté par-dessus la tête, qui nous demande s'il est dans la route d'Orléans? et
s'il lui reste bien du chemin à faire pour
arriver dans cette ville? — Beaucoup, et
d'où venez-vous? — de Lyon, nous allons à
petite journée à Paris, mon maître qui me
suit avec sa femme a voulu passer par la
route d'Orléans, et ce maudit caprice est
cause que nous voilà perdus. Je connais
l'autre chemin, point du tout celui-ci.....
La nuit est venue.... Un temps du diable,
marchant en tête de la voiture, j'ai égaré
le postillon qui me suivait, parce que je
m'égarais moi-même, et nous voilà à-présent je ne sais où; — chez d'honnêtes

gens. — Je le vois bien, mais nous aime-
rions mieux être à l'auberge ; parce que
mon maître qui voyage *incognito* , entendez-
vous, ne veut gêner personne , et il n'ac-
ceptera sûrement jamais l'asyle que vous allez
avoir la politesse de lui offrir. — Et où
est-il votre maître ?—A deux cents pas d'ici,
au coin de l'avenue , s'il y avait eu seulement une chaumière , il s'y serait arrêté ;
mais il n'y a que des arbres, il m'a envoyé
devant pour tâcher d'obtenir quelqu'éclaircissemens sur la route qu'il nous faut prendre.—Allez le chercher , lui a dit le comte ,
et dites-lui que madame la présidente de
Blamont , dans la terre de laquelle il est ;
serait très-fâchée qu'il ne lui fit pas l'honneur de venir souper chez elle. — Ma foi,
monsieur, vous nous rendez la vie, vive les
honnêtes gens morbleu, si j'étais tombé
dans une caverne de voleurs, on ne m'aurait pas tant fait de politesse , et l'écuyer
fidèle revole vers son maître , pendant que
le comte s'empresse d'apprendre à madame
de Blamont la liberté qu'il vient de se

permettre

permettre, en offrant sa maison à ces voyageurs égarés. Cette femme charmante que
l'on sert quand on lui prépare le plaisir
de faire une bonne œuvre, a comme tu
crois, sonné bien vite pour donner des
ordres, on a allumé des flambeaux, et on
a couru au-devant de la voiture pour la
conduire plus sûrement à la maison ; un
quart-d'heure après, les portes du salon se
sont ouvertes, et nous avons vus paraître
un jeune homme d'environ 27 ans, nous
présentant comme lui appartenant une
femme de 17 à 18 ans, et nous offrant l'un
et l'autre à côté des traits les plus doux
et les plus réguliers, le ton le meilleur et
le plus honnête.

Quelles graces ne dois-je pas rendre à
la fortune, madame, a dit le jeune homme
à la maîtresse du logis, de l'accident qui
vous arrive, puisqu'à lui seul est dû le
bonheur inespéré pour moi de vous offrir
mon respect ; je ne vous demanderais
qu'un guide, madame, si mes chevaux
n'étaient pas rendus, et si j'osais ravir à

D d

votre cœur le charme que je lui vois goûter
à l'hospitalité qu'il nous donne ; et pendant ce tems là, la jeune femme s'ex-
primait avec encore plus d'agrément et de
facilité. Elle était habillée à l'anglaise,
un élégant chapeau de paille sur les yeux,
la taille mince et bien prise, de très-
beaux cheveux noirs, négligemment atta-
chés par un ruban rose, une vivacité ex-
traordinaire dans les yeux ; le nez un
peu aquilin, de belles dents, de très-
jolis détails, et une finesse étonnante dans
les traits.... On s'est assis, on a jasé un
instant, et on s'est mis à table.... Vous
alliez à Paris, monsieur, a dit madame
de Blamont, au jeune homme ? — Non,
madame, je ramène ma femme au sein
de sa famille, dans la province du Mans,
et je rejoins mon corps après l'y avoir
laissée ; êtes-vous des nôtres, a dit le gé-
néral Beaulé, servez-vous dans la cava-
lerie ? — Non, monsieur, je suis capitaine au régiment de Navarre, et je vais
le retrouver à Calais, après avoir remis

ma femme entre les mains de sa mère ;
nous venons de voir, en Dauphiné, un
vieil oncle à moi, qui voulait nous embrasser avant que de mourir, et qui nous
a laissé douze mille livres de rente. —
Voilà le voyage bien p.   , a dit madame de Senneval. — Oui, madame, si
quelque chose pouvait payer la mort des
gens qu'on aime et qui nous tiennent
d'aussi près. Au dessert, *Léonore*, c'est le
nom de cette charmante aventurière, a
eu un petit moment de vapeur ; *Sainville*,
son époux, a volé à elle.... Ne vous
alarmez pas, madame, a-t-il dit à madame de Blamont, ce sont des accidens de
jeune femme, qui doivent peu surprendre
dans les premières années d'un mariage ;
nous vous demandons la permission de
nous retirer.... Et ils sont montés tous
les deux dans l'appartement qui leur était
destiné. Comme Léonore n'a point de
femme avec elle, madame e Blamont
lui a envoyé les siennes ; elle les a re-

mercié très honnêtement, et ne s'en est
point servi.

Revenus tous du premier étonnement
de cette aventure, il nous a été impossible de ne pas entrevoir des contradictions dans le récit de nos voyageurs ;
d'abord le valet nous dit qu'ils viennent de Lyon, et qu'ils vont à Paris. —
Le maître, ou qu'il oublie l'ordre donné
à son valet, ou qui a peut-être négligé
de lui en donner un , nous assure ,
au contraire, que c'est du Dauphiné qu'il
vient ; et que c'est vers le Maine que
leurs pas se dirigent. La tournure de la
jeune personne nous parut d'ailleurs un
peu suspecte. Elle a le ton gracieux et
poli, sans doute, l'air de l'excellente
éducation. Mais en l'examinant un peu
mieux, on voit qu'il y a plus d'art que
de nature dans ce qui lui donne les de-
hors de la bonne compagnie. Ses manières sont étudiées, ses gestes arrangés,
sa prononciation belle, mais affectée ;

elle est compassée dans ses mouvemens, et au travers de tout cela, cependant on trouve de la candeur et de la modestie. Le jeune homme est d'une très-jolie figure, brun, un peu hâlé, lestement fait, de très-beaux yeux, les cheveux superbes, son ton est moins maniéré que celui de la personne qui l'accompagne, mais on voit qu'il connaît celui du monde, et qu'il a tout ce qu'il faut pour y réussir. Au milieu de nos combinaisons, le comte chercha le nom de *Sainville* dans l'état du régiment de Navarre, et ne le trouva point. Nos soupçons redoublèrent.... Nous demandâmes l'ordre qu'ils avaient donné à leurs gens. Ils leur avaient dit de s'informer de l'instant où madame de Blamont serait visible le lendemain matin, d'entrer chez eux une heure avant, et qu'ils partiraient immédiatement après avoir pris congé de la maîtresse du château. — Parbleu, dit le comte de Beaulé, ce sont-là deux aventuriers, je le parie, il faut qu'ils nous payent l'hospitalité par le récit de leur histoire.

Un moment, par délicatesse, madame de Blamont s'oppose à ce projet; elle craignait que cela ne les fâchât; plus il y a de contradictions dans ce qu'ils disent, plus il est clair, objectait-elle, que leur intention est de se cacher, le valet en est convenu; il nous a dit que son maître voyageait mystérieusement, ne les contraignons pas à nous avouer leur secret. Cette hospitalité que nous leur accordons, ne nous oblige qu'à des égards;.... nous y manquerions, ce me semble, en les forçant à se dévoiler. — Mais il ne s'agit que de leur proposer, a dit madame de Senneval; si cela les afflige, nous les laisserons partir sans leur en parler davantage : et si, dans un cas contraire, ils viennent à y consentir, pourquoi nous priver de cet amusement? Eugénie proposa de faire questionner leurs gens, madame de Blamont ne le voulut pas, et dé-

finitivement la résolution prise fut, que la
maîtresse du logis irait elle-même voir la
jeune femme le lendemain matin ; qu'elle
commencerait par l'inviter à se reposer
quelques jours à Vertfeuille ; qu'insensi-
blement elle lui laisserait appercevoir l'intérêt qu'elle prenait à cette belle voya-
geuse, et le désir qu'elle aurait de la
connaître plus particulièrement..... Mais
timide, comme tu la sais, elle n'osa jamais faire cette visite seule, et je fus
choisi pour l'y accompagner. Comme elle
avait fait dire exprès qu'il ferait jour chez
elle à neuf heures, afin d'être sûre de les
trouver levés à huit et demies ; nous y
passâmes à cette heure, leur toilette était
achevée, et ils se préparaient à descendre.... Ils témoignèrent combien ils étaient
honteux d'être prévenus. Les politesses
furent réciproques de part et d'autres.
Madame de Blamont engagea la conversation avec beaucoup d'adresse ; le mari et
la femme, tous deux remplis d'esprit, la
devinèrent, et loin de se refuser à ce

qu'on paraissait désirer d'eux, ils témoignèrent, sans la moindre contrainte,
qu'ils étaient trop heureux de pouvoir reconnaître, par une aussi faible marque
d'obéissance, toutes les attentions dont
on les comblait : — n'imaginant pas
que nous pouvions vous intéresser à ce
point, madame, dit Sainville, vous nous
pardonnerez d'avoir un peu déguisé le vrai
en arrivant hier chez-vous. Il est des choses
que l'on peut cacher, sans offenser en
rien ceux avec qui l'on les déguise, en
ne nous refusant point aujourd'hui aux
éclaircissemens que vous exigez, peut-
être serons-nous même encore, con-
trains à quelques restrictions; mais comme
elles ne diminueront en rien la singula-
rité de nos récits ; vous nous les pardonnerez, madame, bien sûr que l'exactitude la plus entière guidera tous
nos autres détails. ... Contente de ce
qu'elle obtenait, madame de Blamont n'osa
pas appuyer davantage; et il fut convenu que l'on ferait un déjeûner dîna-

toire, qui, nous formant une plus grande
journée, nous donnerait le temps de prê-
ter toute notre attention aux aventures
que nous devions entendre. On se mit
donc à table de très-bonne heure, et dès
que l'on fut rentrés dans le sallon, la
compagnie s'étant rangée en demi-cercle,
autour de ces deux jeunes personnes,
Sainville commença son récit dans les
termes suivans.

Le courier part, l'heure presse, tu
permettras, mon cher Valcour, que ce
long détail fasse le sujet de ma prochaine lettre, et je t'embrasse.

Fin de la seconde partie.

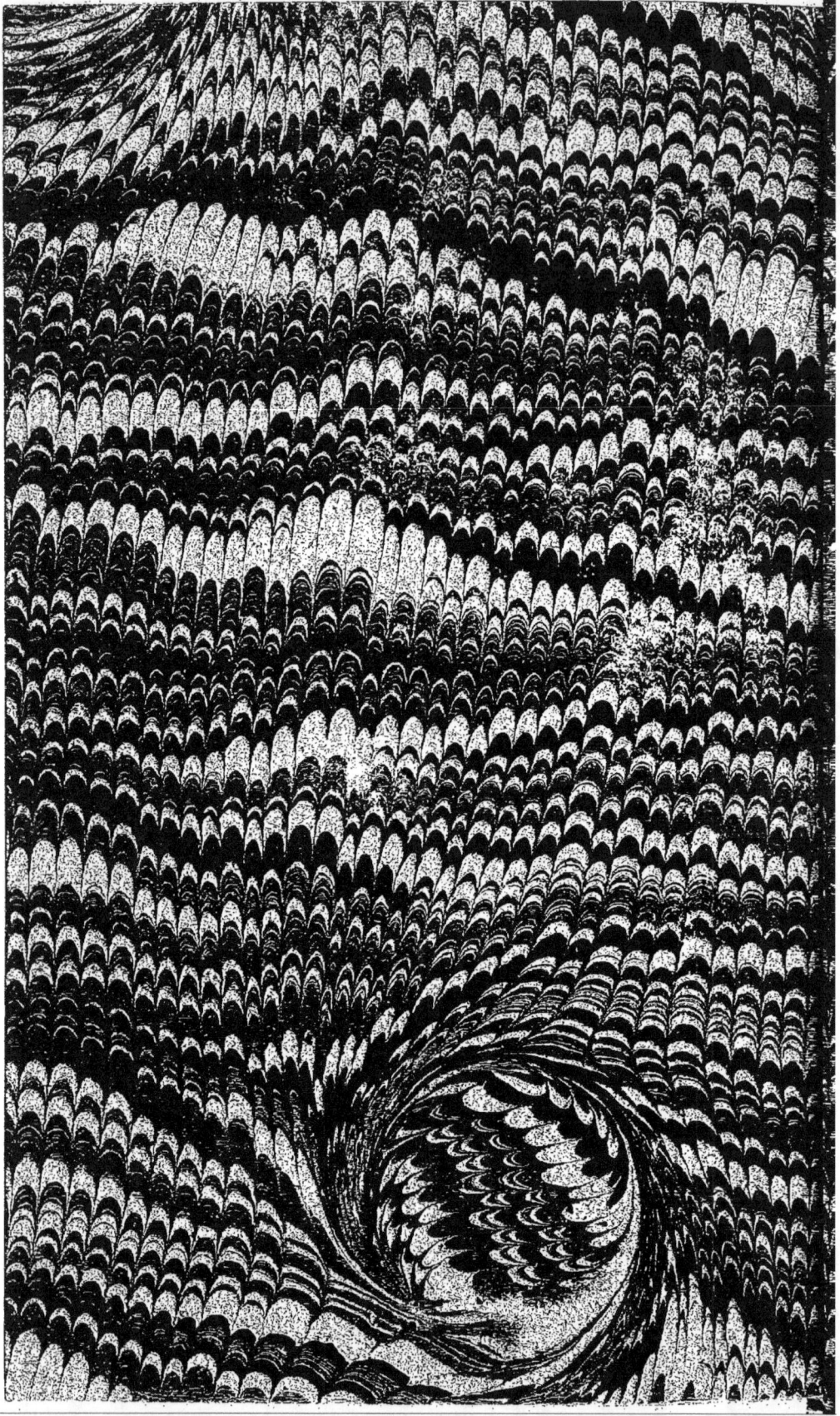

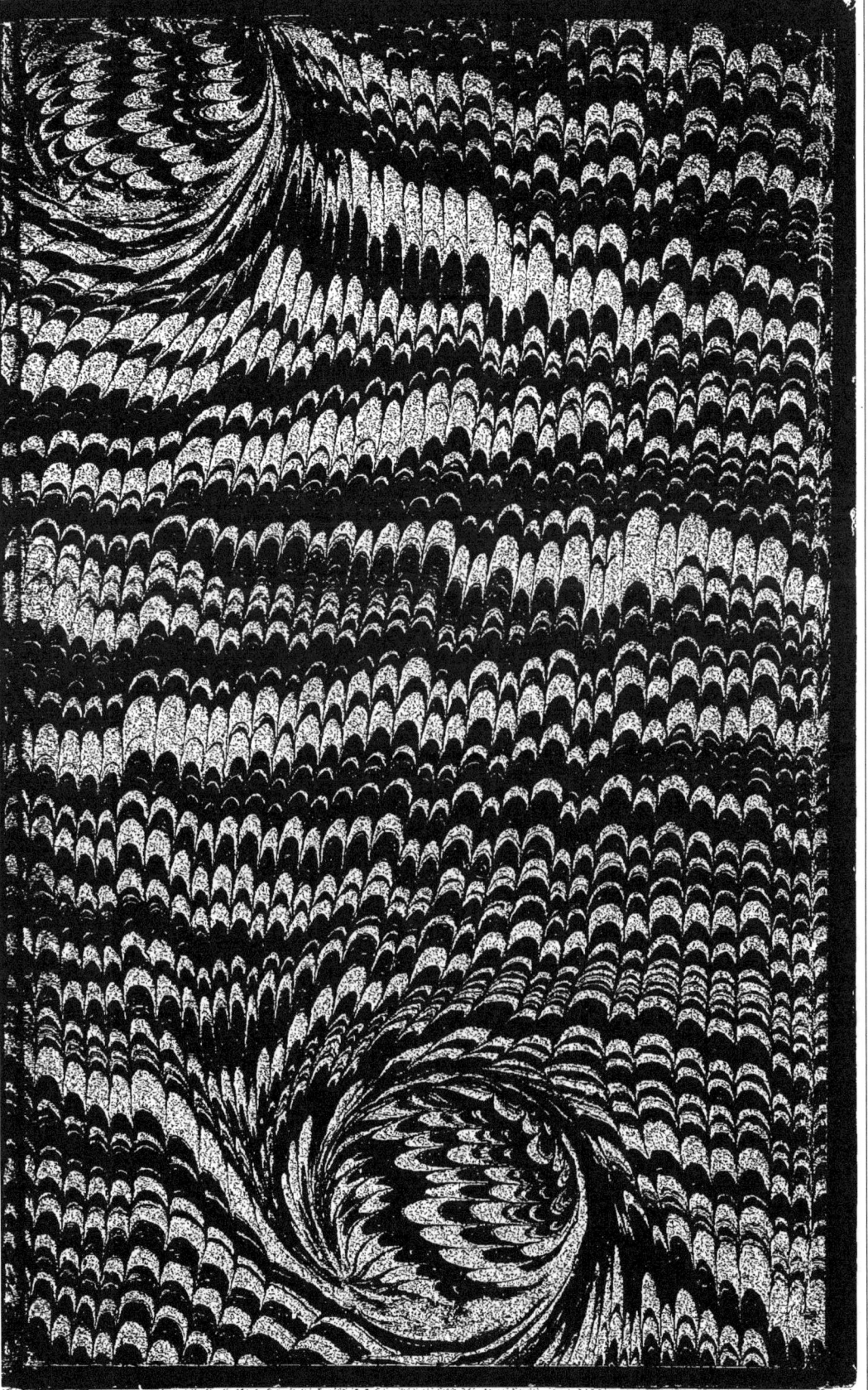

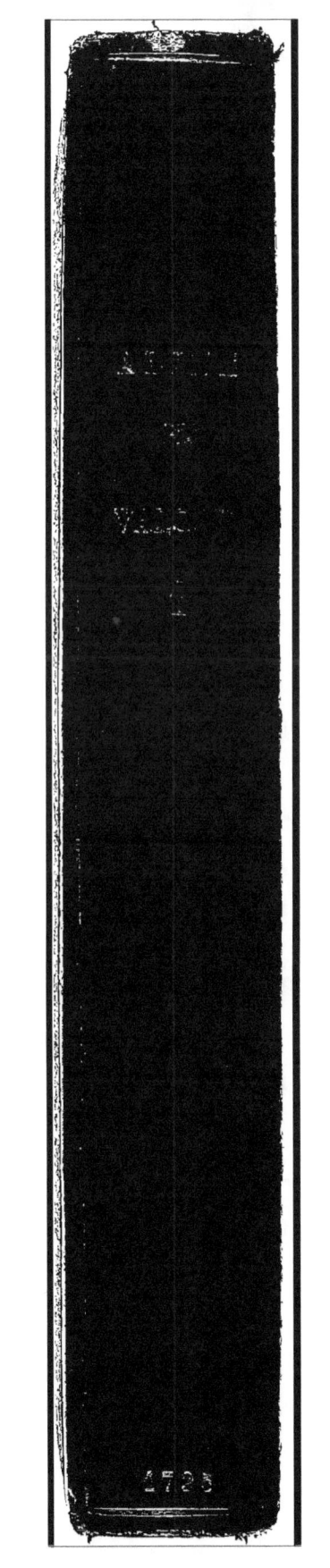

www.ingramcontent.com/pod-product-compliance
Lightning Source LLC
Chambersburg PA
CBHW070319030726
47505CB00004B/1029